추사秋史를 훔치다

추사

추사秋史를 훔치다

이근배 시집

문학수첩

이근배 李根培

호는 사천 沙泉.

충남 당진 출생.

서라벌예술대학 문예창작과에서

김동리, 서정주의 창작지도를 받음.

1961~64년 『경향신문』 『서울신문』 『조선일보』

『동아일보』 신춘문예 시, 시조, 동시 등 당선.

시집 『노래여 노래여』 『사람들이 새가 되고 싶은 까닭을 안다』,

장편서사시 『한강』,

시조집 『동해바닷속의 돌거북이 하는 말』,

시선집 『사랑 앞에서는 돌도 운다』 등이 있음.

제2회, 제3회 문공부 신인예술상, 한국문학작가상,

중앙시조대상, 고산문학상, 만해대상 등 수상.

은관문화훈장 수훈.

『한국문학』 발행인 겸 주간,

『민족과 문학』 『문학의 문학』 주간 역임.

한국시조시인협회장, 한국시인협회장 등 역임.

시인의 말

멀리 온 것 같은데 눈을 떠보니 한 발짝도 떼지 못하고 있다. 산 첩첩 가로막힌 시벽詩壁앞에서 붓을 정釘 삼아 쪼아보아도 글자 한 자도 새겨지지 않는다.

"사람의 생각이 우주의 자장을 뚫고 만물의 언어를 캐내는 것"

이것은 스무 자 남짓으로 시를 풀이해보라는 물음에 나의 어설픈 대답이었는데, 그러면 나는? 어디 우주의 자장은커녕 길 위에 구르는 돌멩이 하나도 파고들 만큼의 생각을 벼르지 못하고 있다.

이 땅의 산과 물이, 역사가, 사람이……, 참으로 귀신스러운 조상들의 솜씨가 빚어낸 글씨, 그림, 청자, 백자, 벼루……, 같은 것들이 내 꿈자리를 어지럽히고 무어라고 귓속말로 내 혼을 꼬여내지만 나는 그에 값할 말을 찾을 길이 없다.

점점 어두워지는 시간 속에서 등 심지를 밝히고 '내 글' 한 줄이라도 낳아보라고 스스로 마음의 채찍질을 해본다.

게으른 나를 부추겨 이 시집을 펴내주는 문학수첩 김종철 형의 우정이 고맙다.

2013년 초겨울 이 근 배

차례 1

2

3

4

5

추사秋史를 훔치다

일러두기: 시가 다음 쪽으로 이어질 경우, 연이 바뀔 때에는 한 행 내려서 조판하였습니다.

1

사경 寫經

베끼는 일은 또한
벗기는 일도 되는지요.

석가님, 공자님, 예수님 하신 말씀
그리 오래 많은 사람들이
베끼고 또 베껴왔으면
지금쯤 고추 달린 것 같은
알몸을 보여줄 만도 한데요.

마하반야바라밀다심경摩訶般若波羅蜜多心經
법첩法帖을 펴놓고
글자모양을 흉내 내보지만
먹빛에 가려서인지
그 말씀의 속살은 비치지가 않네요.

허기야 남이 애써 해놓은 것

흘끔흘끔 베끼는 시늉은 해보았어도
어디 길가의 풀꽃 하나
돌멩이 하나 내 것이라고는
속옷 벗기듯 벗겨본 일이
있었던가요.

신라토기 벼루에 대한 생각

내가 벼루에 홀려 있는 것을 아는
고미술상 주인 김 씨가
경주 안압지에서 출토된 것과 같은 것이라며
신라토기 벼루를 선물로 주었다
웬 UFO?
한 뼘 지름의 둥근 맷돌 모양에
연면硯面을 가운데 앉히고
해자처럼 연지가 싸고도는 생김이
내 눈에 비행접시로 뵈는 거라
천년 너머에도 우주인이 오갔던가
이 타임머신에 올라타 본다
혹시 원효, 솔거, 김생, 최치원……, 그런
대문장이거나 신필들이 먹을 갈던 벼루?
돌처럼 구워진 흙에 아직도 숨 쉬는 먹내음
코를 벌름거리며 뺨도 대보고
손으로 문질러보는 느낌이 알싸하다

일연이 삼국유사에 썼던가
절과 절이 별처럼 펼쳐지고
탑과 탑이 기러기 떼 나는 듯했던
저 계림*을 높이 들어 올린 신라대의
공부가 넓고 크신 이들의
붓의 신령이 스며 있는 것일까?
내 무딘 손끝에 핏발을 세워주는

* 계림(鷄林): 경주의 옛 이름.

혹애

사랑하는 거
하나쯤은 있어야 사람이지

사람, 아니면
책이나 그림 따위 아무 거라도
목숨보다 아낄 줄 아는 게
사랑이지

"사람 사랑은 없었네"
올해 여든 살 나치 시절 미술상 아들
코넬리우스 구를리트는
아버지에게서 물려받은
피카소, 샤갈, 마티스……, 10억 유로어치
작품들을 빼앗기고는
"살아 있는 동안만 사랑하게 해달라"고 했다

어쩌다 조선의 옛 벼루에 홀린
나도 동병상련?
그래도 사람이 먼저지
어떤 값으로도 치를 수 없는
한 생애 혹애* 한 번쯤은

* 혹애(酷愛): 지독한 사랑.

아기답

어머니
아기답* 쓰고 계시다

추석이 오는 삽다리 꽃산
윗대 조상 차례 상에 올릴
송편 빚으시며
눈에 밟히는 아들, 손자, 증손자
성묘 올 날 손꼽으시며
주머니 끈 풀러
한 잎 한 잎 절값 챙기시며
아기답 쓰고 계시다

몸 성치 못한 작은 손자
"몹쓸 병은 할미에게 다 주거라"
흙일에 갈라진 손으로
눈을 훔치시며

아기답 쓰고 계시다

할아버지 품으로 글공부 하러 간
다섯 살 외동아들
"견마**는 어찌 가리고 있느냐?"
지아비 옥바라지하느라
꿈속에서만 쓰시던 그 아기답

어머니 답 한 장 못 받으시고
세월 이쪽 저쪽에서
어머니, 아기답 쓰고 계시다.

* 아기답: 송강 정철의 아내 정경부인 유 씨는 글공부 나간 어린 아들에게 언문 「아기답」을 썼다
** 견마: 똥오줌의 옛말.

폐족

귀양살이하는 애비 탓에
벼슬길마저 끊어놓은 자식들을 두고
다산茶山*은 '폐족廢族'이라 일렀다
농사짓고 책 읽고 글 쓰고 그림 그리고……,
세상에는 사람답게 사는 일이 쌓여 있는데
그깐 과거 보는 일이 뭐길래?
어렵사리 급제해도 당파싸움에나 휩쓸려
유배당하기 십상인데
그 짓 좀 못 한다고
아예 버려진 자손이라고?
허기야 어찌 조선조에서뿐이랴
내 잘못은 하나 없이 애비나 집안 탓에
연좌제連坐制에 걸려
앞길 가로막히던 때가,
정작 폐족이 되어야 할
친일인명사전에 오른 이들의 후예는

권력도 재산도 누리고 사는데
나라 찾자고 일제에 맞서다
여러 해 징역살이를 한 애비를 둔 나는
당신이 다른 생각을 가졌었다고
오히려 돌팔매와 가난의 족쇄를
물려받아야 했었다
그렇지만 아니지,
어느 권력 어느 재산과도 바꾸지 않을
내게는 값진 유산이었으니까.

* 다산(茶山): 정약용의 호.

내 심장을 들여다보다

북녘 땅을 밟고는 처음 백두산 천지에 올라
해돋이를 보고 돌아오던
2005년 여름
평양 고려호텔 식당에서
점심으로 개장국을 먹고 있는데
작고 귀여운 여종업원 최옥미가
〈심장에 남는 사람〉 노래를 부른다
어? 인공 때 학교에서 배우던 것도 아닌
흔히 듣던 〈휘파람〉 같은 것도 아닌
그 노래에 나는 얼이 빠지고 있었다
몇 해 뒤 여의도 성모병원 정욱성 박사가
컴퓨터를 켜고 내 심장을 보여줬다
한 번은 정지된 화면으로
또 한 번은 팔딱팔딱 뛰는 놈을 생중계로
그런데 보이지 않았다
심장에 남는 그런 사람?

내게는 아예 없었던 것일까
그저 심장만 팔딱거리고
최옥미 노래에나 홀리고
한 사람쯤은 있거니 하면서
있는 체하면서
여기까지 온 것인가 나는.

독필

끝이 무지러진 몽당붓을 일컫는 독필禿筆이라는 낱말은 스스로 글솜씨를 낮출 때도 쓴다. 나는 어려서 몽당연필에 깍지를 끼워 써보긴 했어도 한 자루의 붓도 닳도록 쓰지 못했다. 그런데 추사秋史가 친구 권돈인權敦仁에게 보낸 편지에서 "열 개의 벼루를 갈아 바닥을 내고 천 개의 붓을 닳도록 썼다磨穿十硏禿盡千毫"는 글귀를 읽고는 그만 머릿속이 텅 비어옴을 느꼈다. 추사는 그 편지에서 일흔 해를 그토록 써왔어도 "편지 글씨 하나도 못 익혔다未嘗一習簡札法"고 했다. 흔히 말하는 고희古稀라는 나이, 나하고는 천만리나 멀다고 생각했는데 어느새 나도 지척에 다다랐다. 저 추사는 천 개의 붓을 다 쓰고도 글씨가 안 된다고 했는데 한 자루의 붓도 대머리[禿]를 만들지 못한 나는 이제 어떻게 붓을 잡으랴. 새로 용산에 문을 연 국립중앙박물관에 가서 〈세한도〉나 한恨 없이 훔쳐볼 작정이다. 어느

덧 날은 차져서 옷 벗는 나무들 속에 저 혼자 푸른 소나무 잣나무를 그리던 그 천 개의 독필이 들어 있는.

추사를 훔치다

벼루읽기

국립중앙박물관에 갔다가
추사秋史의 벼루를 보았다
댓잎인가 고사리 잎인가
화석무늬가 들어 있는
어른 손바닥만 한 남포 오석
돋보기로 들여다보아야
—다듬고 갈아 군자의 보배로다琢而磨只 君子寶只 등
깨알 같은 48자 명문銘文이 새겨 있는
추사가 먹을 갈아 시문을 짓고
행예行隸를 쓰던 유품이 아니라면
한눈에 들어올 것이 없는
그 돌덩이가 내 눈을 얼리고
내 숨을 멎게 한다
어느새 나는 쇠망치로도 깨지 못할
유리 장을 부수고 벼루를 슬쩍?

그랬으면 오죽 좋으련만
못나게도 내 안의 도둑은 오금이 저린다
박물관을 나서는데
—게 섰거라!
그 작고 검은 돌덩이가 와락
내 뒤통수를 후려친다.

눈으로 듣는다?

해남 달마산에 가서 읽었다
하늘을 파고든 봉우리들이
선승들의 머리 모양을 한 그 산자락의
응진당應眞堂 네 기둥의 세 번째 주련
—눈으로 듣고 코로 보고 귀로 말한다眼聽鼻觀耳
能語

붓글씨를 시작했다는
장석남에게 들려줬더니
—시론 백 권 읽어 뭐합니까?
　여기 다 들어 있는걸요.
시창작 교실에서 만난 게
엊그제 같은데 어느새
한 수 위가 되었구나
허나 내 이목구비는 돌부처의 것만도 못해서
볼 줄도 모르는 눈으로
어찌 듣기까지 한다?

돌 위에 돌을 얹다

하늘에 별이 있다면
땅 위에는 그만큼 많은 돌이 깔려 있지
산이나 들이나 강이나 바다에서나
발길에 채이는 게 돌이지만
어떤 돌은 석굴암대불로 절을 받기도 하고
어떤 돌은 아무렇게나 굴러다니다가
흙에 묻혀 살기도 하지
살아서는 가지 못하리라던
금강산을 세 번째 갔을 때
구룡폭포 가는 길에
앞서 가던 젊은이가 엎드려 돌을 집는다
누가 처음 돌을 쌓기 시작했을까
한 뼘 남짓 돌들이 무동을 타고 있는 위에
돌 하나가 얹어진다
나도 부스러기 돌 하나 주워 그 위에 얹는다
우리 할머니 불공드리러

수덕사 마곡사 가실 때도
돌 위에 돌을 얹고 오르셨겠지
잠시 내 손끝의 온기를 묻히고 떠난
작디작은 부스러기 돌
누군가의 발길에 채여
쓰러져 누워 있으려나
아니면 어깨 위에 켜켜이 돌을 지고
무럭무럭 키가 자라고 있으려나
네 번째 금강산에 가서
천양희, 강은교 두 시인이
작은 돌탑에 돌 얹는 것을 보고
문득 그 생각에 나도
돌 하나를 얹는다

달이 짖는다
달을 짖는다

닐 암스트롱이 달을 밟기
삼백 년 전쯤 조선의 도공들은
흙으로 달을 지어냈다
금사리金沙里* 백자 달항아리
하늘 밖 어느 별이
이보다 더 크고 밝으랴
만월로 차오른 혼불의 덩이가
세상의 어둠을 다 끄고 있다
술을 담그면 마르지 않는 샘이 되고
곡식을 부으면 사시사철 배를 불리는
어느 산이 이보다 더 높으며
어느 바다가 이보다 더 넓으랴
한밤중에도 집집마다 달이 떠서
사랑채에서도 안채에서도
대낮 같은
불을 밝힌다

달은 달을 배고 달이 달을 낳는다
동네방네 달이 짖는다
월 월 월 月 月 月
월 월 월 月 月 月

* 금사리(金沙里): 18세기 초 경기도 광주에 있던 도요지.

벼루읽기

붓과 놀다

남의 꿈속에 들어가

딱 여드레만!

바다 건너 텐리대 도서관에 깊이 갇혀 있는

이름을 듣는 것만으로도

내가 밟지 못한 땅으로 데려다 줄 것 같은

몽유도원도夢遊桃園圖가 국립박물관에 와 있단다

일요일 아침 서둘러 달려갔으나

세 시간 줄을 서다 허탕을 치고

마지막 날 일찍 부지런을 떨며

두 시간 만에 겨우 꿈결같이 그림을 만났다

허리 굽은 노인부터 어린 학생까지

그리 크지도 않은 옛날 그림 한 점 보겠다고

꼭두새벽부터 와서 줄을 서던 것!

그것만으로 육백 년 전 태어난

안견安堅이라는 화가 참 장하지.

내 꿈도 천방지축인데

남의 꿈속에 들어가 높고 낮은 산이며

떨어지고 굽이쳐 흐르는 물이며
바위 벼랑 아래 휘어진 길이며
복숭꽃 만발한 숲과 나무들이며
구름과 안개, 집과 사람을 그려낸 것은,
세종의 셋째아들 안평대군安平大君은
공부가 깊어 시문을 잘 짓고
글씨가 천하제일이라 했던가
서른 살 때 선경에서 노닐던 꿈 얘기를 듣고
제 것인 양 신들린 듯 붓과 놀아났으니,
눈을 차마 떼지 못하는 것은
노잣돈으로는 갈 수 없는 세상을
보는 일도 그렇지만
서른다섯 나이에 세조에게 죽임을 당한
안평대군의 서문과 발문을 비롯
저 드높은 충정의 김종서, 성삼문, 이개, 박팽년
등과

신숙주, 정인지 등 조선조의 큰 선비들이
써 올린 글들이
피를 기름으로 촛불을 피우고 있음이며
문득 내가 자주 들여다보는
신의 솜씨로 깎은 조선 초기 벼루들이
저 그림과 글씨를 거둔 논밭?
밖을 나오니 해가 중천인데
나는 헛꿈을 깨지 못하고.

벼루읽기

조선백자 반월형연적

몹쓸 벼루 귀신에 씌어
저잣거리를 헤맨 지 마흔 해
용케 붙잡은 오백 년 저쪽
우리네 장인匠人이 깎은
천하 으뜸의 신연神硯에 짝 지울
연적 하나 못내 찾았더니라
—어허 이제 오셨구나
오랜 마음 씀이 헛되지 않아
인사동 경매장에 튀어나와
뻔쩍! 내 눈에 불을 댕겼으니
순백 달항아리 한 허리를 베어낸 듯*
둥실 반달로 뜨는 백자 연적이라,
정한수 한 사발로도 목이 마를라
옥빛 살결이나 몸집 크기로도 당할 자 없는
어느 사액賜額 서원 넓은 안상에서
가부좌 틀고 큰기침하던 어르신,

아무렴 벼루를 연전硯田이라 했던가
거기 문전옥답에 마르지 않는 샘이었으리니
글 잘하는 서생들 쌓은 묵향이며
대를 물려 지은 글줄은 또 몇 만 섬인가
아흐, 차오르는 초아흐레 상현달
내 평생 머슴살이로는 못 지을
높디높은 다락의 한 채,
사랑이로라.

* 황진이 시구.

심청가

백자진사연화문호

어찌 사랑을 여쭈오리

우리네 전생에서
먼 후생에까지
물을 딛고 바람을 딛고
해를 딛고 달을 딛고 피어올라
온 세상 밝히는 꽃등

어찌 번뇌를 씻으오리

진흙과 티끌의 바다에서
욕망의 허울을 입고
어둠속을 헤매이다가
문득 우러르는 저 눈부신 광명

어찌 은혜를 잊으오리

인당수에 몸을 던진
우리 심청이 두 팔로 건져 올린
붉디붉은 연꽃 한 송이

두둥실 노래로 띄운
백자항아리

그해 그날

“삼팔선이 터졌습니다”
내가 큰 소리로 대답을 하자
“와아” 1천여 전교생의 웃음이 쏟아졌다.
1950년 6월 26일 월요일 아침
조회시간 송산국민학교 운동장 교단에 오른
홍맹선 교장선생은
“어제 우리나라에 무슨 일이 일어났는지 아는 사람?”
하고 물었을 때 일제히 손을 든 학생 가운데
5학년 반장 줄에 서 있었던
나를 가리키셨고
나는 그렇게 대답했었다.
일요일 집안 어른들의 말씀 그대로
나는 자신 있게 대답했는데
어째서 웃음거리가 되었을까?
꼬박 예순 해가 된 지금에 와서도

내 머릿속의 “그해 그날”은
“삼팔선이 터진 날”로만 새겨져 있는데
그러나 철없이 뜻 모르고 내질렀던
그 한마디가 내가 열 살이 되어서야
처음 한 집에서 살게 된
아버지를 자취도 모르게 앗아 가고
어머니와 남겨진 삼남매를
모진 비바람의 거친 들판으로 내몰게 할 줄을
어림짐작이나 했었던가.
아니 이 땅을 이 땅의 사람들을
산과 들을 목숨을 송두리째
찢고 할퀴어 간 그해 그날은
아직도 시퍼렇게 눈을 뜨고 달려드는
바로 오늘이기도 한데
나는 돌아갈 수가 없다
교장선생이 내 이름을 불러주던

어머니 차린 아침 밥상을
아버지와 겸상으로 먹고 등교했던
"삼팔선이 터졌습니다"
무슨 좋은 일인 양 목청껏 대답했던
송산국민학교 조회시간
예순 해 전 그날의 운동장으로.

말더듬이

말더듬이가 되고 싶어요
어머니
사랑 앞에서는
더더욱,

호박꽃

꿀을 따러 들어온
벌이 남기고 간
고 다디단 것
쪽!

대낮

꽁지가 붙은
잠자리 한 쌍
허공에 떠 있다

암컷 부르는
매미 울음 들끓는
대낮.

전설

한순간도 제 몸을 흐트러뜨리지 않고는
못 배기는 구름의 몸짓이거나
폭우에 더 사납게 너울 치는
강물의 소리 속에서도
전설은 끝없이 꼬리를 치고 있을 것이다
꽃들이 저들의 전설을 먹고 피는 것이라면
새들은 또 울음으로 품은 말을 쏟아내는 것이리라
내가 세상에 태어나기까지
얼마나 많은 전설이
나의 탯줄을 감고 있었을까
아버지의 아버지의 아버지의
어머니의 어머니의 어머니의 어머니의
—어머니
제가 죽도록 쓴다 한들
어찌 털끝이나 건드리겠습니까
그래 못난 돌멩이나 걷어차면서

써먹지도 못할 사랑 같은 거

젠장 내가 전설은 무슨

내 말 알아듣는 꽃은 어디?

아직이 아니라 아주이겠지만
세상에는 사람의 말을
알아듣기도 한다는 해어화를
나는 만나지 못했다

하기사 이쁘지 않은 꽃이 있으랴만
하도 이쁘면 꺾고 싶지 않은
마음이 어디 있으랴만
내가 말을 걸어도 못 들은 체
아예 입조차 봉한 것들에게
조르고 떼를 쓴들 어찌 내 꽃이랴

어느새 눈보라 설레고
내게는 남은 봄도 없으니
다리 절름거리며 길을 나선들
이제 어디 가서 눈먼 꽃이라도 만나

귀밑머리를 풀어준다?

허긴 어딘가 분명코
있기는 있을 터,
나는 아주가 아니라
아직이라고 하고 싶은
내게 말을 걸어온 그 꽃
이미 지나쳐 온 봄
어디쯤?

* 해어화(解語花): 미인. 당나라 현종이 양귀비를 일컬은 말.

핸드메이드

새로 맞춘 양복을 입고
거울 앞에 섰다가
문득 핸드메이드란 말이 떠올랐어요.

어머니는 모르시는 말인데요
옷이나 구두 같은 것
기계를 빌리지 않고
사람 손으로 만들었다는 것이지요.

그러고 보니 저는
어머니의 일백퍼센트
핸드메이드를 입고 먹고 자랐어요.

텃밭에 목화를 심어
그 솜으로 실을 뽑고 베틀에 짜고
바래고 물들이고 다듬고 마르고

제 몸에 꼭 맞게 손바느질로
저고리, 바지, 조끼까지
밤새워 지어 입히셨지요.

밭고랑 흙에 파이고
눈바람 청솔가지에 꺾이던
어머니의 마디 굵은 손이 만들어낸
잡히지도 만져지지도 않는
크고 큰 것 어찌 제가 어림하겠어요.

추석날 차례 상 앞에서
올해 초등학교 4년짜리
어머니의 맏증손자가
갑자기 클클 울고 있었어요.
웬일인가 달랬더니
증조할머니 생각나서래요.

다섯 살 때 여읜 증조할머니
어린 나이였는데도
다른 손자 몰래 사탕 서너 개
더 주머니에 찔러주던
그 마디 굵은 손이
생각났던 것 아니겠어요.

자화상

—너는 장학사張學士의 외손자요
　이학자李學者의 손자라
머리맡에 애기책을 쌓아놓고 읽으시던
할머니 안동김씨는
애비, 에미 품에서 떼어다 키우는
똥오줌 못 가리는 손자의 귀에
알아듣지 못하는 말씀을 못박아주셨다
내가 태어나기 전부터
나라 찾는 일 하겠다고
감옥을 드나들더니 광복이 되어서도
집에는 못 들어오는 아버지와
스승 면암*의 뒤를 이어
조선 유림을 이끌던 장후재張厚載학사의
셋째 딸로 시집와서
지아비 옥바라지에 한숨 마를 날 없는 어머니는
내가 열 살이 되었을 때

겨우 할아버지 댁으로 들어왔다
그제야 처음 얼굴을 보게 된 아버지는
한 해 남짓 뒤에 삼팔선이 터져
바삐 떠난 후 오늘토록 소식이 끊겨 있다
애비 닮지 말고 사람 좀 되라고
—비례물시非禮勿視 하며
　비례물청非禮勿聽 하며
　비례물언非禮勿言 하며
　비례물동非禮勿動 하며……
율곡**의 『격몽요결擊蒙要訣』을
할아버지는 읽히셨으나
나는 예 아닌 것만 보고
예 아닌 것만 듣고
예 아닌 것만 말하고
예 아닌 짓거리만 하며 살아왔다
글자를 읽을 줄도 모르고

붓을 잡을 줄 모르면서
지가 무슨 연벽묵치라고
벼루돌의 먹 때를 씻는 일 따위에나
시간을 헛되이 흘려버리기도 하면서.
그러나 자다가도 문득 깨우고
길을 가다가도 울컥 치솟는 것은
—저놈은 즈이 애비를 꼭 닮았어!
할아버지가 자주 하시던 그 꾸지람
당신은 속 썩이는 큰아들이 미우셨겠지만
—아니지요 저는 애비가 까마득히
　올려다보이거든요
칭찬보다 오히려 고마운 꾸중을
끝내 따르지 못하고 나는 오늘도
종아리를 걷고 회초리를 맞는다.

* 면암(勉庵): 최익현(崔益鉉)의 호.
** 율곡(栗谷): 이이(李珥)의 호.
*** 연벽묵치(硯癖墨癡): 문방사우에 빠지는 어리석음.

금강산은 길을 묻지 않는다

새들은 저희들끼리 하늘에 길을 만들고
물고기는 너른 바다에서도 길을 잃지 않는데
사람들은 길을 두고 길 아닌 길을 가기도 하고
길이 있어도 가지 못하는 길이 있다
산도 길이고 물도 길인데
산과 산 물과 물이 서로 돌아누워
내 나라의 금강산을 가는데
반세기 넘게 기다리던 사람들
이제 봄, 여름, 가을, 겨울
앞다투어 길을 나서는구나
참 이름도 개골산, 봉래산, 풍악산
철 따라 다른 우리 금강산
보라, 저 비로봉이 거느린 일만 이천 멧부리
우주만물의 형상이 여기서 빚고
여기서 태어났구나
깎아지른 바위는 살아서 뛰며 놀고

흐르는 물은 은구슬 옥구슬이구나
소나무, 잣나무는 왜 이리 늦었느냐 반기고
구룡폭포 천둥소리 닫힌 세월을 깨운다
그렇구나
금강산이 일러주는 길은 하나
한 핏줄 칭칭 동여매는 이 길 두고
우리는 너무도 먼 길을 돌아왔구나
분단도 가고 철조망도 가고
형과 아우 겨누던 총부리도 가고
손에 손에 삽과 괭이 들고
평화의 씨앗, 자유의 씨앗 뿌리고 가꾸며
오순도순 잘 사는 길을 찾아왔구나
한 식구 한솥밥 끓이며 살자는데
우리가 사는 길 여기 있는데
어디서 왔느냐고 어디로 가느냐고
이제 금강산은 길을 묻지 않는다

2

어느 날 만천명월 주인이 내게 와서

벼루 읽기

요즘 신문에서 정조正祖 이야기가 한창이다
신하에게 보낸 편지에
막말을 썼다느니 독살이 아니라느니
사도세자思悼世子의 아들로 태어나
왕위에 오르기까지 권력의 작두날에 섰던
그는 스스로 만천명월주인萬川明月主人이라고
호를 짓고 그 까닭을 글로 남겼다
—지상의 강에 뜬 달이 모두 자기 것이라고?
내 속 빈 머리로는 우주적 생각을
알아들을 길 없거니와
내가 그를 떨쳐버릴 수 없는 것은
그가 아버지의 사부師傅였고
자신의 어릴 적 보양관이자 스승이었던
뇌연雷淵 남유용南有容에게
청나라 궁실에서 온 벼루에다
그 호를 새겨 바친 것이

어느 날 뜻밖에도 내게 찾아온 것이다
서른여섯 해 전 창덕궁에서
명연전名硯展이 열렸을 때
왕실이며 명문거족들이 다투어 자랑하던
나라 안의 잘난 고연古硯들이 모두 나왔을 때
눈 밝은 이들이 가리고 골라서
으뜸의 으뜸으로 뽑았던 그 벼루
단계석에 박힌 구욕안鸜鵒眼이며
용문이며 온갖 위엄을 모두 갖춘
먹을 갈기에도 붓을 대기에도
선뜻 손이 나가지 않는 어명연御銘硯이
때때로 강물소리도 내고
수천수만의 달로 떠오르기도 하여
밤이면 나는 모르는 땅으로 끌려 다니기도 하고
어지러운 꿈에 빠져 허우적거리며
날마다 조금씩 넋을 잃어가고 있는 것이다.

별

여기 오세요.

큰 산 큰 절 한번 못 오르시고
용하다는 만신이나 찾아다니시며
어린 외동아들 칠성님께 바치시던
어머니

천불 천탑이 세워졌다는
전라도 화순 땅 천불산에는
배가 떠가는 모양이라고
運舟寺운주사라고도 하고
구름이 머물러 산다고
雲住寺운주사라고도 부르는
이름난 큰 절이 있는데요.

여기 오래 돌부처 내외가 누워 계신데요.

그분 벌떡 일어나시는 날
아주 살기 좋은 세상이 온다는데요.
옆에는 맷방석만 한 둥근 돌이
일곱 개가 박혀 있는데
하늘의 북두칠성이 땅에 내려온 것인데요.

세월 잘못 만나서
아흔 해 있는 속 다 태우시고
삽다리 꽃산으로 가신 어머니
여기 오셔서
외씨버선 흰 고무신 신으신
깨금발로 사방치기 하듯
일곱 별 밟아보세요.

혹시 아세요.
일곱 별 두둥실 어머니 태우고

칠성님 나라에 가서
좋은 세상 구경시켜 드릴는지요.
어머니, 별이 되시어
사람들 소원 다 들어주실는지요.

늑대 여러 마리

외진 산골에서
풀로 배를 채우던 내 몸속에
사나운 이빨도 날 선 발톱도 못 가진
초식동물인 내 배 속에
웬, 늑대 여러 마리?
어머니 태 속에 있을 때부터
내 오장육부를 물어뜯고 있었어
나이 들고 눈이 어두워진 뒤에야
그놈들 울음소리를 듣게 되었어
일제강점, 삼팔선, 동족상잰, 보릿고개……,
할아버지, 할머니를 할퀴고
아버지, 어머니를 절벽으로 밀어뜨린
그놈들을 끼고 살았어
오냐, 오냐 내 살점을 베어주면서
비명 한번 제대로 지르지 못하고
나는 만신창이로 허물어지고 있었어

아니 어느새 내가 늑대가 되고 있었어
이빨도 발톱도 없어 풀만 뜯고 있는

공양

할머니
저 철모를 때 공양미 머리에 이시고
마곡사, 갑사, 수덕사, 개심사…….
큰 절만 찾아 백리길 넘어
불공드리러 다니셨지요.
제가 열 살 때던가요.
마곡사엔가 다녀오셔서
"근배 색씨는 깎은 밤 같더라"고
끝내 못 보고 가신 당신 맏손자 며느릿감
부처님들 속에서 골라 짚으셨다 하셨지요.
사람들이 돌, 나무, 흙, 쇠 등으로
많고 많은 부처님을 깎고 빚어냈는데
어디 깎은 밤처럼 예쁘지 않은 부처님이 계시던가요.
할머니. 저도 이 나라 저 나라 다니면서
크고 작은 부처님을 참 많이 보았는데요.

제 눈에는 토함산 석굴암 대불이
으뜸 중에도 으뜸이었어요.
바로 거기 석굴암 대불 앞에
세계에서 제일 크다는 통일대종이 세워졌는데요
제가 쓴 글이 제 이름과 함께
종 몸뚱이에 길게 새겨져 있거든요.
어떻게 그런 장한 일을 했냐고요
저도 처음엔 어리둥절했는데요.
어느 날 문득 할머니의 불공이 생각났어요.
심청이가 몸을 팔아 공양미 삼백 석으로
아비의 눈을 뜨게 한 것처럼
할머니가 부처님께 드린 공양이
맏손자인 저를 절집 심부름을 하여
복채를 받게 해주신 것이라고.
그러고 보니 어느 산에 계시던 부처님이
제 할머니로 이 세상에 오셨다가

다시 산으로 가셨다는 생각이 들었어요.

그렇지요,

할머니

초서경전 草書經典

이충무공 난중일기 부서간첩 임진장초
(국보 제76호)에 부쳐

우러러 하늘이요
가슴에 안아 땅이요
바라보아 바다입니다
그렇습니다.
하늘이요 땅이요 바다인
이 나라 역사 오랜 줄기에
우뚝 솟아오른 대 장엄을
이 겨레 천세 만세토록
엎드려 새겨 읽습니다.
저 바다 건너 벌거숭이 섬나라의
헐벗고 굶주리던 왜적의 무리
누천년 먹을 것 입을 것 물려주고
말과 글 가르친 은혜 저버리고
도둑질과 약탈이 끊이지 않더니
조선 선조 25년 4월 열나흘
수백 척의 배에 15만 군졸을 이끌고 쳐들어와

사직의 안위 걷잡을 수 없이 무너져 내릴 때
이 어찌 하늘의 보살핌이 아니었으리까
왜적의 침략을 미리 알고
바다의 싸움에 필승의 전략을 세우신
세계 해전사의 가장 위대한 명장 이순신 장군이
전라좌도 수군절도사로 오셨으니,
옥포에서 적진포에서 사천에서 당포에서
율포에서 한산도에서 안골포에서
부산포에서 명량에서 노량에서
철갑 거북선을 지어 불을 뿜고 내달려
장군이 나아가는 곳마다 1척당 백 1척당 천
도적의 무리들을 남해바다에 빠뜨려
물고기의 밥이 되게 하였습니다.
대 승전의 높은 공훈이 오히려 모함으로
죽음에 직면하고서도
—아직도 12척이 남았어라

백의종군으로 저 임진, 정유 왜란의
참으로 위태로웠던 나라를 구하고
겨레를 살려낸
인류사에 두 번 찾아볼 수 없는
이순신 성웅의 위대한 승리를
어느 누가 말씀으로 아뢰겠으며
글로 적을 수 있사오리까
더욱 불과 물, 활과 창, 칼과 칼이
빗발치며 부딪치는 싸움터에서
눈 붙일 틈도 없겠거늘
선조 25년 5월부터 순국 전사하는 그날까지
붓을 들어 『난중일기』를 쓰셨습니다.
어찌 먹물을 찍어 쓴 것이오리까
한 획 한 글자에 들어 있는
펄펄 끓는 나라 사랑이며
애끓는 슬픔이며 아픔이며

살이며 피며 뼈가 녹아 있는 것을.
흘림체의 글자를 알아볼 수 없고
거기 담겨진 뜻을 이루 헤아릴 수 없으나
사백 년 넘으며 더욱 빛을 더하는
인류 전쟁사의 금자탑이며
겨레의 영원한 경전임을
깊이 새기고 있습니다.
해보다 더 밝은 그 구국의 혼불 밝혀
이 겨레 더 큰 나라로 나아갑니다
오늘 남해바다가 일제히 일어서서
난중일기 임진장초를 읽으며
기쁨의 울음을 터뜨리고 있습니다.

* 이충무공난중일기부서간첩임진장초(李忠武公亂中日記附書簡帖壬辰狀草).

태몽

내가 태어난 것은
기묘년 음 팔월 스무아흐레
외할아버지의 환갑날이었으니
예순 해를 건너서 외할아버지와 나는
생년월일이 한 날이었다
어머니는 만삭의 몸으로
부엌에서 잔칫상을 차리다 산기가 있어
충남 홍성군 구항면 신곡리 자구실
같은 마을 외할아버지의 소실댁에 가서
나를 낳았다고 한다
외할아버지 장후재張厚載 학사는
저 대원군의 탄핵에 앞장서고
의병을 일으켜 왜적과 싸우다 순국한
거유巨儒 최익현崔益鉉의 문생으로
이 나라 유림을 이끌던 선비이셨다.
바로 그 소실댁에서 주무시다

황룡이 달려드는 태몽을 꾸시고
당신의 아들을 기다렸는데
외손자를 낳았다고 기뻐하셨단다.
춘향전의 주인공도 이몽룡이고
사임당이 율곡을 낳은 오죽헌에도 몽룡실이 있는데
이몽룡인 나는 암행어사도 못 되고
율곡처럼 아홉 번 장원급제도 못 하고
글은커녕 붓도 잡을 줄 모르니
외할아버지의 용꿈 값을 어떻게 갚는다?
"너는 장학사의 외손자요 이학자의 손자라"
어린 내 귀에 못을 박으시던
할머니의 말씀도 그냥 흘려버리고.

여적
벼루읽기

내 책상머리에는
스무 해 전 연길에 갔다가
조선족 골동상에게서 사 온
청화 백자 괴석 난초문 연적硯滴이
양반 다리를 하고 앉아 있다
분원 갑번分院甲燔에서 구운 사각모양인데
유약이며 그림, 크기가 잘 빠져서
어느 조선 선비가 애완愛玩했을 법하다
옛 장인匠人의 슬기가 이렇던가
연적의 물은 몇 달 두어도 그대로인데
먹을 갈아 쓰다 보면
한두 방울만 남을 때가 있다
여적餘滴은 글을 쓰고 난 뒤의 생각이나
책을 꾸민 뒤에 쓰는 것을 일컫는 것인데
빈 연적은 다시 물을 채울 수 있지만
나이가 들어 가뭄이 든 머릿속은

어디서 물꼬를 튼다?
몇 방울의 물로는 성이 차지 않는
내 연전硯田*만 자꾸 말라가고.

* 연전(硯田): 벼루의 별칭, 또는 시인을 뜻함.

귀몽
歸夢

박재삼 시인의 고향은 삼천포인데
묘소는 아무 연고도 없는
공주 어느 종갓집 선산에 가 있다
한국시인협회 식구들이 찾았을 때
마을 사람이 왜 남의 산에 산소를 썼느냐고
역정을 부렸다
올해는 삼천포에 문학관도 높이 서고
우리 곁을 떠난 지 열네 해 만에
전국 규모의 문학제가 열린다 해서 갔다가
한마디 할 순서를 얻었었다
그저 덕담이나 할 자리인데
나는 그만 나도 모르게 버럭 소리를 질렀다
"왜 박재삼 선생의 산소가 공주에 있느냐
당장 모셔 올 일이다"
내가 내지른 때문은 아니겠지만
"내년에는 꼭 모셔 오겠습니다"

넌지시 일러주는 사람이 있었다
열네 해 동안 낯선 땅에서 편한 잠 못 들고
고향에 돌아가는 꿈만 꾸셨겠구나!
생각타가 그러면 나도?
어릴 적 내 놀던 소나무 밤나무 동산은
밭이 되고
'초가집이 섰던 자리' 도 잃어버렸지만
돌아가 살 꿈이라도 꾸어야겠지
꿈속에서라도 돌아가는.

세연 洗硯

벼루읽기

선비는 하루 세수는 안 해도
벼루는 씻는다?
게으르기로 짝이 없는
내가 어쩌다 벼루라는
도깨비보다 무서운 귀신에 홀려
서울 인사동이나 북경 꾸완청에서
먹 때에 절은 옛 벼루를 들고 와서는
얼굴이며 몸뚱이를 씻기는 일에는
시간을 물 쓰듯 한다
사람의 솜씨라고는 할 수 없는
신神의 칼끝이 새겨나간
십장생이며 갖가지 꽃과
날것들과 사람들과 짐승들이
뒤집어쓴 먹물 속에서 제 낯빛을 찾고
살아서 움직이는 것들에게
나도 모르게 끌려 들어가면서.

하루 한 번은 아니더라도
한 달에 한 번 일 년에 한 번이라도
벼루의 때를 벗기듯 속속들이
내 마음속의 때를 벗기었다면
사람값도 하고 글도 잘 풀릴 것을
품삯도 못 받는 때밀이가 되어
손에 먹물만 잔뜩 들이고.

하늘샘은 마르지 않는다

분청사기 상감 모란문 장군

산이 돈다
물이 돈다
하늘이 돈다
해와 달이 돈다.

북인가, 징인가
장고인가, 가마솥인가,
둥글고, 길고, 비어 있고, 넘치고
하늘 향해 입을 벌리고 섰으니
한 마리 큰 물고기인가
불을 먹는 해태인가

물을 길으면
해가 뜨고 달이 뜨고
술을 담으면
절로 시가 읊어지는

마법의 그릇

여기 천년 마르지 않는
하늘 샘이 있어
밤마다 내려오는 별을 담아
세상의 목마름을 적셔주고
나무들에게 꽃을 피우듯
사람에게는 사랑을 주고

용비어천가 龍飛御天歌

나는 무엄하다
용은 하늘도 꼭대기 하늘
바다도 깊은 한가운데 나가서도
뵙기 어렵다는 영물인데
요즘 나는 한 떼의 용들을
내 글방 구석에 모아놓고
이놈! 이놈! 하며 호령을 하고 있다.
여봐라! 선비들아!
장원급제가 곧 등룡登龍이라 했더냐
그래 붓농사를 짓는 논과 밭이라는
벼루에 용을 새겨놓고 소원했던 거냐
나는 어쩌다 연벽硯癖에 빠져
당신들의 안상에서 높이 떠받치던
용연龍硯들을 불러들였구나
외할아버지의 용꿈으로 내가 태어났다던가
저 신의 손을 가진 조선의 조각가들이

돌 속에다 살과 피를 불어넣어
살아 나온 용들이 구름 속을
날고 기고 천둥 번개 치고
3D 아바타로 우주여행까지 시켜준다.
어쩐다?
나는 그 용안에 먹칠만 하고 있으니
이 벌로 용들이 나를 어느 날
하늘의 지옥 블랙홀 속에
나를 가둬놓지는 않을는지?

어미 호랑이, 사랑 주네

어여뻐라!
구름을 뚫고 하늘에 치솟아
뜨는 해 받치고 선 소나무 아래
갓 난 두 아기 데리고 나와
젖을 물리는 흰빛 어미호랑이
저 사랑 어린 눈빛 좀 봐!
누가 산 임금 아니래?
고구려 옛 무덤 속에서도
동쪽에 청룡靑龍 서쪽에 백호白虎
나라 지켜주는 수문장이 되고
사람 해치는 바람, 물, 불 쫓아내는
누가 산신령님 아니래?
우리네 할매 할아배와 맞담배 태우고
옛날이야기 주고받으며
어미 없는 아기 젖을 빨려주던
백두대간은 호랑이의 나라

금강인가 설악인가
산속의 임금나무 소나무 아래
얼굴 돌리고 긴 꼬리 드리운
우리네 어머니 같은 흰빛 호랑이
옥빛 백자 붓꽂이에 오래 살아
기쁨이네
행복이네
사랑이네

솜다리꽃을 캐 오다

칭기즈칸을 만나러 가서

인천공항에서 비행기로
몽골 수도 울란바토르까지 세 시간 반
말을 타고 달리면 몇 날이 걸릴까
그 먼 길을 오랑캐들은 쉴 새 없이
이 땅에 쳐들어와 짓밟고 갔다
내 엉덩짝에도 있었다는 반점 때문일까
아니면 한 해 몇천 명씩
우리 고운 딸들이 백 년 넘게 끌려가서
아들 딸 낳고 또 낳고 해서
아예 한 핏줄이 된 것일까
저 옛날 일은 까맣게 잊은 채
칭기즈칸이 몽골제국을 세운 800년 잔치에
김덕수 사물놀이패며 안숙선 명창 등
잘난 한류 신명들이 떼로 몰려갔다
—여기는 알프스 산록이네
구경꾼으로 간 일행 중에 한 분이 집어내듯

많이도 닮은 고르힝 암바롱 살라 초원
장고, 꽹과리, 노래와 춤판이 한창인 그 언덕은
우리는 솜다리꽃이라고 부르는
에델바이스 꽃밭이었다
참, 일도 없지!
나는 솜털이 보송보송한 것을 몇 포기를 뽑고 있었다
바깥나들이를 하는 편이지만
남의 땅의 풀을 캐 오기는 아예 없던 일
내 몸속에 칭기즈칸의 피가 섞였던가
몇 해 전 난생처음 몽골 말 잔등에 올라탔을 때
경마장 기수처럼 내달려지더라니

부용산
그 산이 어디 있던가

인사동을 지나다 보면
가끔 송상욱 시인을 만난다
태평양전쟁 때 미군 포로 복장 같은
그러나 아주 잘 어울리는 개량 한복을 입고
얼추 내 키만 한 통기타를 메고는
허리 구부정하게 걸어가는 키 큰 사내
그를 만나면 먼저 부용산 한 자락이 깔린다
내가 그 노래를 처음 듣기로는
휘파람을 잘 부는 송영에게서였는데
선우휘 선생은 산사람—빨치산을 가리켜—에
게서
들었다고 했다
그래서 혹시 북쪽노래? 했더니
나랑 한솥밥을 오래 먹은 서정춘이
부용산도 잘 뽑지만
그 내력도 소상히 들려줘서

알 만한 사람은 다 알게 되었다
그래도 부용산! 하면 송상욱이라
내가 가보지 못한 그 산
인사동에 나가면 문득 마주쳐서
통기타 반주에 둥실 태워
나를 데려가주는

국화꽃 질마재

입동 가까운 날
맑은 가을 햇볕 받으며
미당未堂 선생 뵈오려 질마재에 갔다
내 어린 날부터 외우고 다니던
「자화상」이며 「수대동시」며
참 많이도 시를 뽑아내셨던 그 질마재
거기 산언덕에 아예 오르신 지 다섯 해
지금은 어느 해일 같은 시의 너울을 거두고 계신지?
큰 그늘 찾아 공덕동으로 남현동으로
선생 댁 문지방 닳도록 드나들던 문제門弟들
약삭빠르게 꽁무니 빼는 모습 굽어보시며
조금은 외로움도 느끼시지는 않는지?
헌데 웬 국화 백억 송이! 가
미당 산소를 에워싸고
산과 들을 덮어 "노오란 꽃잎" 피우고 있지 않는가.

“한 송이 국화꽃을 피우기 위해” 잠 못 드셨다는데
백억의 밤을 어찌 지새우셨는지?
아니 간밤에 백억의 귀신들이 몰려와서
저 국화를 피우고 간 것은 아닌지?
오늘 세계 사람들이 모두 몰려와서
한 송이씩 바치고도 넉넉히 남을
국화향기가 이 나라의 가을을
노랗게 물들이고 있는 것을
질마재에 가서 나는 보았다.

말하는 플라타너스

서울 은평구 갈현동 12번지
산동네 꼭대기 집 내 방에는
—갈 봄 여름 없이*
황금빛 비단을 몸에 감고 있는
플라타너스 한 그루가 살고 있다
일제 강점기 수재들도 가기 어렵다는
도쿄사범에서 물리화학을 전공하고서도
이 나라에 가장 많은 시집을 펴내신
조병화시인의 유화 한 폭
1972년 내가 근무하는 동화출판사에서
아시아기행시화집 『별의 시장』이 나온
그 기념으로 액자까지 맞추어 내게 주셨다
내가 다닌 송산국민학교 마당가에
여름이면 무성한 잎으로 만들던
그늘 밑에 엎드려 구슬치기를 하던
거기 한 그루를 옮겨다 주신 것일까

가을볕에 잎새들 황금빛으로 익어
개선장군처럼 서 있는
플라타너스가 가끔 내게 말을 건다.
베레모에 커다란 파이프를 물고
신출내기 가갸 거겨도 안 되는 내 시가
눈에 들을 까닭이 없어도
—야 오장환의 「병든 서울」보다 좋다
—너 나 죽으면 조시 쓸 거지?
덕담으로 치켜세워 주시고
편운문학상 주실 때는
—이번이 10회다, 10회!
하시면서 등을 쳐주시던 커다란 손이
무성한 잎새들 속에서 나오기도 한다.
바람이 불어도 눈이 내려도 잎이 지지 않는
조병화시인의 생전 모습 같은
플라타너스가 요즈음 내게

—근배야 시 좀 부지런히 쓰거라
하는 꾸중만 같아서
나는 그림을 바로 보지 못한다.

* 소월 「산유화」에서.

나비는 날개로 운다

날개가 있다는 것만으로는
이 봄 산과 들을 뒤덮고 있는
저 꽃들을 다 찾아다닐 수는 없다
내 어리석은 더듬이로는
한사코 쏟아내는 질탕한 향기를
다 맡아낼 수도 없는 것
알에서 애벌레로 다시 번데기로
거듭 몸 바꾸기를 하면서
우주의 빛깔을 모두 담아 짜낸
비단날개로 하늘을 휘저으며
아지랑이 더불어 춤을 추는 것이나
나의 발은 허공에 더욱 시리고
달디단 황홀을 빠는 입맞춤은
혀끝에 죽음처럼 쓰다
겨우 봄 한철도 못 건너고
적멸로 돌아가는 나의 가녀린 목숨

붉은 볼로 서럽게 웃는
저 어리고 아릿다운 것들 속에서
어느 것 하나 내 몫으로 챙기지 못하고
헤프게 꽃가루로 날려버린 사랑
나는 춤으로 운다
날개를 마스러트리며
마스러트리며

ㅊ 자로 살고 싶다

고맙습니다
대왕 세종님 훈민정음 지으신
오백예순두 해 만에
어린 제게 가장 크고 으뜸인 글자
ㅊ 자를 주시다니요
우리나라 이름의 첫 글자
큰 大 자와 ㅊ 자가 같은 모양이라는 것도
이제 처음 알았어요
제가 따르지 못하는 말
첫이며 참이며 착함이며
모두 ㅊ 자인 것도요
눕고 싶어요
백두산 상상봉에 올라
ㅊ 자로 두 팔 두 다리 벌리고 누워
마음껏 하늘을 마시고 싶어요
대지를 박차고 일어나서

젖 먹던 힘까지 모아
드넓은 옛 우리 땅까지
내지르고 싶어요
온 세상 한번 휘두르고 싶어요
대왕 세종처럼
저도 ㅊ 자로 살고 싶어요

공은 난다
날개가 없어도

얼마나 넓은 운동장인가
크기를 잴 수도 숫자를 헤아릴 수도 없는
우리가 별이라고 부르는
둥근 공들이 떠다니는 우주는,
그 안에 좁쌀보다도 작은 지구를
나는 너무도 힘들게 발로 굴리며
날마다 동동거리며 산다
알고 보면 나는 공[球]에서 나서
공空으로 돌아가기로 되어 있는데
때리거나 던지거나 차거나
공을 다루는 재주가 아예 없는 내가
0이 두 개 붙은 2002년 6월
느닷없이 사람들에 치이며
광화문 거리를 비집고 들어가
대애한~미인구욱!
엇박자 손뼉을 치고 고함을 질러댔다

월드컵 4강, 독일과 한판 붙을 때는
운 좋게 상암구장 목 좋은 자리에서
머리 흰 붉은악마가 되어 으르렁거리기도 했다.
돼지오줌깨나 새끼줄 뭉치를 차던 날이
바로 엊그제 같은데
우리 젊은이들이 겁도 없이
월드컵을 마음대로 가지고 놀게 되었다
그래서 나도 덩달아
이제 두 달도 안 남은 6월을 기다리게 됐고
다시 한 번 거리에 나가
악마들과 손뼉을 치며 발을 굴리고 싶은 것이다.
날개가 없이도 잘도 나는
바람둥이 공을 두고
헛발질도 못하는 내가.

신연

한 오백년 전쯤 우리네 조상 가운데 신의 손을 빌린 사람? 이 아니고는 미켈란젤로도 로댕도 흉내 못 낼 벼루 장인匠人들이 한 둘이 아니었다?

저 백두에서 새어 나온 압록의 물결로 꽃빛깔 풀빛깔 켜를 이룬 위원화초석渭原花艸石을 도려내 칼끝으로 새긴 해와 달, 삼라만상이며 농사일이며 세상살이들이 살아 움직이는 조각이라니! 신연神硯이라고밖에는 달리 이름 붙일 수 없는

A3 크기의 벼루를 들여다보고 있노라면 불끈 백두대간의 힘줄이 내 몸속에서 솟아 둥둥 북소리를 내며 고려, 조선 쪽으로 데리고 가는.

* 위원화초석(渭原花艸石): 평안북도 위원에서 나는 돌.

떡국

까치설날이면 우리 동네 삼꽃마을
김 구장 댁 마당의 발동기가
숨 가쁘게 통통거렸다
집집마다 시루에서 쪄낸 쌀밥을 이고 지고 와서
발동기로 떡가래를 뽑아 가느라 붐볐다
우리 집 박 서방이 한 짐 날라 온
떡가래를 협도로 써는 일은 내 몫이었다
종갓집 맏며느리인 어머니는 밤늦도록
오대五代 봉사 차례 상에 올리는
제수준비를 해놓고는
외동아들 설빔으로 솜바지저고리 조끼까지
손바느질로 끝내느라 꼬박 밤을 밝히셨다
차례를 지내고 어른들께 세배를 드리고
온가족이 둘러앉아 먹는 한 그릇 떡국은
우리네 가장 큰 명절인 설날아침에만 맛볼 수 있는
축제의식의 아주 맛있는 별미였다

“떡국을 많이 먹으면 죽는단다”

할머니의 우스개 말씀처럼 떡국 한 그릇은 나이 한 살

떡국 먹고 나이 먹고 떡국 먹고 키가 크고

잠자리에 들면서 손꼽아 기다리던

설날은 떡국 먹는 날

먹은 나이 다 내려놓고 돌아갔으면

어머니가 지어주신 새 한복 입고

조상님께 절하던 그 아침으로

3

의상 義湘

의상대

1

바다가 온다
물소리 바람소리 다 떨구고
흰 연꽃으로 바다가 온다
꽃 속에서 꽃보다 더 흰빛으로
둥실 떠오르는 관음
저 일출을 보아라
무량하옵는 사랑
무량하옵는 슬픔
이 언덕에서 눈멀어 보아라
마음의 눈을 뜨고 보아라.

2

법을 아느냐
만법이 하나임을 아느냐
모습은 비어 있어도 차 있고

가득 차 있음이 또한 비어 있는 것
내 오랜 기도 끝에
부처님을 친견했느니
그 가르침을 여기에 시로 적는다
법에서 시작해서
불로 끝나느니라
아직도 듣지 못하고
보지 못하느냐
저 대화엄의 새 날이
동트고 있지 않느냐.

허균 許筠

애일당지 愛日堂址

1

불바람이 분다
아라비아 사막을 건너왔는가
벌겋게 달구어진 바람이
이 민둥진 교산의 풀을 재운다
조선조의 썩은 대들보를 때리던
허균의 망치소리처럼
불바람이 잉잉거린다
바다를 새까맣게 태운 햇빛도
숨 가쁘게 달려와서는
대숲의 푸른 그늘로 숨는다
여름 한낮이 길다

2

모반謀反을 달라
하늘의 뜻을 거스르는

저들을 참수하라
하늘도 비를 뿌리다 못해
통째로 곤두박질하는구나
갯가에 버려진 물고기처럼
무너져가는 왕조를 아느냐
핏빛으로는 상것들이 으뜸이다
이대로 등뼈를 세워 일어서서
백두대간을 치달아 올라
저 천지의 물 좀 다시 마셔야겠다
주저앉은 산들을 일으켜야겠다
모반을 달라
모반을 달라

천은사

이승휴
李承休

1

가을이 왔다
하늘이란 하늘이 모두 모여
가장 잘생긴 햇빛을 고르고 있다
지난여름 아무 일도 없었던 듯이
산들도 나무마다 등을 켜고
한바탕 굿판을 벌이자고 한다
아무렴 가을은 태평성대
눈물 나게 손뼉도 치고 싶고
더덩실 춤 한 자락 깔고 싶다만
이 나라 태평성대 어디 두고
가을만 저 혼자 오고 있는 것인지.

2

원력願力이 있어야 해
저 하늘 한가운데 솟아 있는

백두산 천지가 불을 뿜어야 해
단군 할아버지 버선발로 오신
그날로 다시 돌아가야 해
열성列聖들 모두 잠을 깨우고
줄기줄기 흘려보낸 산과 물
거둬서 새로 나라를 지어야 해
가을이 그냥 왔다 가면 무얼 하나
남북통일 하나 못 시키는데
원력이 있어야 해
내년 가을은 태평성대
나라의 태평성대로 와야 해.

노루목

김병연 金炳淵

1

길이 보이지 않는다
징검다리도 여기 와서 끊기고
낯선 서낭당이 불쑥 나서서
금줄로 앞을 가로막는다
산들이 둘러앉아 손깍지를 끼고
손깍지를 끼듯 입을 다물고
풀이 자라지 않는 무덤 하나
흐린 눈으로 지켜보고 있다
아주 오래 갇혔던 울음인 듯
갑자기 개울이 터져 소리를 지른다.

2

하늘을 못 보면
땅을 보면 되지
땅이 안 보이면

사람을 보면 되지

그래 가슴속에 있는 거

훔쳐보면 되지

하늘까지도 훔쳐보면 되지

나는 물인 걸 불인 걸 바람인 걸

아니 금강산인 걸

그중에도 구룡폭포인 걸

나는 잠들지 못해

이렇게 다시 태어날 뿐

* 노루목: 강원도 영월의 김삿갓 병연(炳淵)의 무덤이 있는 곳.

유정 惟政

직지사

1

삼단 머리로구나
읍내 장터거리에서 벼려 온
무쇠 장돗날로 베어낸 줄 알았더니
황악산 긴 머리 비 철철 맞으며
앞가슴 풀어헤친 어미로구나
외동아들 젖 물리듯
직지사 품에 곡 껴안고
세상의 빗물 혼자 받으며
스님 네들 옹알이를 듣고 있구나.

2

산에서 내려오는 물에
하늘에서는 또 비를 보태니
저희들끼리 몸을 섞기 바쁘다
좋아라하고 떠들며 지나가는

저 철없는 것들 속에는
금강산 유점사에서 온 놈도 있고
가야산 홍제암 쪽으로
달음박질치는 놈도 있을라
어서들 가거라
무루無漏의 공부를 마친 지 오랜
사명각四溟閣의 주인
저녁 공양을 잊은 채
빗줄기를 세고 있다.

금오산 길재 吉再

1

어디서 몰려온 이 많은 바람들인가
무슨 소문들을 듣고
여기 금오산에 와서
이리저리 안개 속을 뒤지는가
산에 산다는 일은
바람의 떼에 갇혀서
물소리를 내고
바람소리도 내는 일
금오산에는 세상을 떠난
바람소리가 살고 있느니
바람의 길이 보이느니.

2

어느 해 겨울 해운사에 갔었지
금오산 허리춤에 매달린

무명주머니같이 늙은 절

눈에 묻힌 저녁 종소리를 밟고 갔었지

지금은 여름 저무는 금오산

채미정 처마 밑에서

왕조의 바람소리를 듣고 있지

세상의 티끌을 모두 뒤집어쓰고

길재선생, 몸을 씻던 바람을

귀머거리로 듣고 있지.

기화己和
봉암사

1

고요가 빛으로 탄다
한 차례 세한歲寒의 바람이 불 것이나
나무들이 잎을 떨구어
바깥세상의 소리를 죽이고
하늘과 마주 앉은 희양산 면벽은
아직도 끝나지 않고 있다
동안거에 들어간 일함허당득통지탑
배불리고 난 화두 몇 낱이
땅에 흩어져 뒹굴고.

2

하어下語를 듣고 싶습니다
나고 죽음이 어디에 있고 있고 없음이 길인 까닭을
산을 보아도 산인 줄 모르고 물을 들어도 물인 줄 모르는

청맹과니를 깨쳐주는 강석講席을 열어주십시오
산과 물이 다투는 소리쯤이라도
어렴풋이 들을 줄 아는
귀를 하나 열어주십시오 티끌로 덮인 눈으로라도
가는 길을 찾을 수 있도록.

이황 李滉

도산서원

1

산이 떠오른다
시간의 물살을 거슬러온
사림 한 척이 닻을 내린다
산은 아직 미명未明이다
이슥고 높은 다락에서 들려오는
나라 큰 스승의 기침소리
숲 속의 이슬들이 일제히 잠을 깨고
뜰에는 모란이 빛을 터뜨린다
물러들 가라
물러들 가라
문밖에서 기다리던 칙명勅命이 돌아가고
도산일곡陶山一曲이 바람에 실린다.

2

배가 떠난다
칭병稱病의 노인이
마침내 붓을 뗀 성학십도聖學十圖가
돛으로 하늘에 오른다
낙동洛東의 물이 큰 소리로 운다
나라 안에 불이 켜지고
햇살처럼 퍼지는 왕도王道
나랏님도 차마 바로 우러르지 못하는
높디높은 추녀에 사액賜額이 걸리고
시사단試士壇이 물 위에 둥실 떠서
제 그림자 속의 한 시대를
건져 올리고 있다.

하회河回

유성룡 柳成龍

1

여기 와 있었구나
저 조선조의 어둠을 닦아낸
옥돌 같은 물빛 하나
흐르다 못해 돌아들고
돌다 못해 흘러가는
우리네 백성들의 설움 같은 거
흰 모래톱으로 실어다 놓고
저 혼자 깊어가는구나
부용대에 비끼는 노을
낙화*로 강을 태우는구나.

2

하회가 뜬다
물이 든 가을 햇볕이 충효당 뜰에 은행잎으로 진다
오늘도 남녘 바다에선 기별이 없다

삼도**가 무너졌느냐
백성들의 아우성이 높구나
소疏를 쓰고 소를 쓴다
활과 칼을 꺼내다오
재상은 버선발로 나선다
우우, 사람들의 불길이 솟는다
징비록***이 운다
하회가 뜬다.

* 낙화(落火): 부용대에서는 7월이면 불을 던지는 낙화선유(落火船遊)가 행해졌다고 한다.

** 삼도(三都): 서울 · 개성 · 평양을 가리킴.

*** 징비록(懲毖錄): 유성룡(柳成龍)이 지은 임란기록.

일연 一然
인각사

1

산문은 비어 있다
잠든 달을 깨우는
피리소리도 들리지 않는다
길은 물 밖에서 끝나고
물은 산허리에서 멈춘다
푸드득 숲에서 깃을 터는
날 선 유사遺事의 빗돌
세월에도 씻기지 않는
사시史詩의 먹물이 배어 나와
시퍼렇게 혼을 갈고 있다.

2

돌아가리라
나무들이 제 뭉칫돈 대신
뿌려주는 꽃을 노자로 하여

달 같은 사랑 하나 지고
꺼이꺼이 높은 하늘에 닿으리라
가는 길 노래를 지어
세상의 슬픔을 거둬들이고
꿈을 벗은 아름다움
눈 뜬 기쁨의 돌이 되어
흘러가리라.

* 인각사(麟角寺): 군위에 있는 일연(一然)이 『삼국유사』를 지은 절.

곽재우 郭再祐
비슬산

1

눈을 씻고 보겠구나
말로만 듣던 눈, 코, 입, 귀
그날 흰 무명옷 벗어 던지고
구름비단으로 옷을 지어 입더니
치닫는 말발굽 소리
산도 물도 놀라서 뛰더니
하늘에서 내려왔다는 홍의장군
화살도 옆으로 비켜가더니
흩뿌리는 겨울비 속에서도
불을 켜고 앉았구나
이제야 바로 보겠구나.

2

걱정이다
나라가 걱정이고 사는 것이 걱정이고

사람 사랑하는 일이 걱정이다
저기 낙동강이 있고
여기 비슬산이 있는데
집을 어디에 짓는다?
망우당에 살면 걱정이 없다는데
마음속에는 신선도 있다는데
걱정이다
집을 지을 땅도 없고
마음속에는 잡귀뿐이다
걱정이고 걱정이다.

박인로 朴仁老
도천리

1

봄볕이 목마르다
여기저기 풀섶같이 돋아나는 그대
낮은 둑으로 못물을 담았어도
반 천 년 긴 꿈을 적실 수는 없다
흰옷의 백성들 삭정이 등짐 지고
쓰디쓴 가난을 달게 삼켰거니
어린 시인의 낮잠을 깨우는
오디새의 울음인들 무엇에 쓰랴
영화로움은 흘겨도 보지 않는 그대
썩은 볏짚 속에 묻혀 살아도
이 나라 밝히는 큰 빛이구나.

2

나라가 흔들린다
먹물 같은 세월이 씻기지를 않는다

손으로는 하늘을 내젓고
발로는 비산비야非山非野를 달린다
구름 떼 같은 적 앞에서
내 목숨은 풀잎이었으나
겨레에 바치는 노래를 부르면
강물도 숨죽여 흘렀느니라
아직도 노래는 끝나지 않았다
벼루와 붓을 가져다 다오
오늘 나는 다시 태평사太平詞를 써야겠다.

원효 元曉

황룡사

1

모두 떠내려갔구나
한밤중 동녘 바다를 잠 깨우던
오십만 근 쇠북이며
하늘을 가로질렀던
해법의 대들보 하나
그림자마저 쓸어갔구나
높은 다락 긴 처마야
한낱 눈에 가리는 허울
그 계율의 옷을 훌훌 벗고
빈 흙바닥으로 남아서
무애가를 부르고 있구나.

2

새벽이 있었더냐
나고 죽음의 멍에를 풀고

더덩실 춤사위로 나설
이 땅의 슬기가 있었더냐
크지도 않고 작지도 않으며
있지도 않고 없지도 않은
대승의 길을 열어
비로소 무명을 깨우쳤거니
마음이 곧 우주인 것
내 썩지 않는 도끼자루 되어
빛기둥 하나를 세우리라
새벽이 오고 있지 않느냐.

독락당

이언적
李彦迪

1

바람이 산을 열고
물소리가 귀를 열어
봄의 경전을 듣고 있다
스승이 혼자일 때
산도 물도 저 혼자이다가
스승이 떠나면
산도 물도 떠나는 것
그 빈자리에
세월이 부끄럽지 않은
철쭉 한 철이 찾아와서
봄볕에 한눈을 팔고 있다.

2

아뢰옵나니
백성은 하늘

왕도는 하늘을 따르는 법
눈에 박인 어둠을 뽑고
글 속에 있는 불빛을 보는 것
어진 마음을 익히고
어진 마음을 가르쳐야 하느니
비단옷 입기보다
베옷에 짚방석을 깔아야
비로소 세상이 보이느니
아뢰옵나니
흰 머리칼이라도
자옥산 바람소리에
다시 젖고자 하오니

예림서원

김종직 金宗直

1

불볕더위가 쏟아지는데
마른 나뭇가지에 겨울을 껴입고
늙은 소나무가 떨고 있다
겨울에도 혼자 여름을 살고
세상이 잎이 져도 혼자 푸르던
소나무가 무슨 까닭으로
숨을 죽이고 사는 것이냐
한 시대를 흔들어 깨운
저 천둥 같은 소리도 듣지 못하고
하늘빛도 받지 못한 채
고개를 떨구고 있는 것이냐.

2

붓을 칼처럼 날을 세워
그릇된 임금을 꾸짖었구나

어두운 역사를 싹둑 잘라
자시산慈是山 기슭에 묻어두었구나
주검이 다시 죽음을 당했어도
오히려 다시 빛을 켜는 목숨
이 산 이 물도 눈부시게 받거니
몇 섬의 술로 뿌리를 씻고
차라리 흙으로 돌아가서
의제의 꿈을 다시 꾸리라.

* 예림서원의 뜰에는 몇 섬의 술로도 못 살린 노송이 서 있다.

최치원 崔致遠

가야산

1

얼굴이 보이지 않는다
삭아져 내리는 구름의 뒤에
이따금씩 맨살의 어깨가 드러난다
미답未踏이다 미답이다
이 골짜기의 돌이란 돌마다 물이란 물이 죄다 와서
생채기를 내고 가더니
저 고운이 비워둔 자리
새겨둘 대구對句가 아직은 없음이다.

2

더는 올라갈 수가 없다
신을 벗었어도 발은 천근이다
세상의 누더기 옷을 입고
산을 오른 어리석음이다
흔하다 여겼던 물소리 바람소리

듣는 법을 몰랐음이다
무쇠라 믿고 있었던 내 한 자루의 끌
귀머거리 가야에 와서
비로소 삭정이임을 알겠구나
더는 올라갈 수가 없다
맑은 이끼만 더럽힐 뿐
해인海印의 그림자 하나
내 눈으로는 찾을 수가 없다.

조식 曺植

산천재山天齋

1

말씀을 듣는다
천왕봉에 대받쳐 있던 하늘도
우르르 마룻바닥에 와 앉는다
간밤에 골이 깊어진
덕천강의 물소리도
잠시 엎드려 숨을 죽인다
지리산이 덩달아 기웃거린다
커다란 종에 갇힌 듯
귀먹은 울림이 머릿속에서
더 크게 울려온다.

2

지금 스승은 안 계시다
서가書架도 텅 비어 있다
스승은 혼자서 묻고

혼자서 대답하다가
어디론가 길을 떠난 것이다
천왕봉을 오르는 사람들 틈에서
누구는 스승을 보았다고 하고
궁궐을 나오는 스승을
누구는 만났다기도 하는데
스승은 어디 계신 것인지
시 쓰는 법을 배워야겠는데
시는 정녕 이렇게 쓰는 것이 아닌데
스승을 뵈올 수가 없다.

논개 論介

촉석루

1

다 오르지 못하겠네
올라도 내 발걸음으로는 닿지 못하는
높디높은 꿈의 다락이네
지나가는 바람도 무어라고
한 줄 시를 떨구고 가는 것이나
나는 듣지 못한다네
잠든 돌을 깨우며 흔들어 가는
남강의 속마음을
나는 알지 못한다네.

2

역사가 울고 있다
꽃이 붉으면 붉은 대로
물이 푸르면 푸른 대로
역사가 제 몸을 비추고 있다.

저 깊은 울음을 다 들으려면
몇 천의 밤낮을 지새워야 하나
내 열아홉 살 논개의 서방이 되어
한 쌍 물오리로 떠오르려면
몇 만 편의 시로
깃털을 꽂아야 하나
내 죽어서도 여기 돌아와
바람으로라도 떠돌아야 하나.

이순신 李舜臣

한산도

1

하늘이 금이 간다
해갑도解甲島에서 머리 푼 바람이
청둥오리의 날개에 화살을 꽂는다
불을 먹고 가라앉은 바다는
여태껏 떠오르지 않고 있느냐
투구와 갑옷을 꺼내다오
뒤숭숭한 소문을 몰고 오는 겨울을
저 바다 밖으로 쫓아야겠다
칼 대신 붓을 들어
끓는 가슴을 베어야겠다.

2

나는 무릎을 꿇는다
피투성이가 된 역사 위에
푸른 대나무로 솟은 그대

죽음이 어둠 속에 묻히지 않고
이리 대낮보다 밝음을 알겠느냐
사납게 물살을 일으키던 바다도
한산도의 발치 끝에선
어린 새처럼 떨고 있다
아직 배가 닿지 않고 있느냐
백의종군의 날이 밝았느냐
그대 딛고 간 발자국 위에
나는 엎드려 있다.

부용동

윤선도 尹善道

1

바다 밖은 잠들어 있다
뜬세상의 기별도 닿지 않는다
산은 제 마음을 비워
바람소리를 내주고
돌은 머리를 흔들어
물소리를 일으킨다
산과 물이 몸을 섞어 벙그는 자리
풀을 엮어서 집을 짓느니
밤이면 달이 와서 잔을 건네고
해 뜨면 꽃들이 거문고를 켠다
낮꿈 같은 시간들이
후루룩 잎으로 진다.

2

사랑함이다

산을 떠다 메워도
바다를 흘려서 채워도
내 가슴은 항상 비워 있음이다
나라를 사랑하였으매
백성들의 아픔을 어찌 모르겠으며
눈발 뿌리는 귀양살이
참고 견딘 슬픔이 없었겠느냐
살아서 못 이룬 꿈
죽어서 묻힐 땅에 심었느니
그 누구도 가져가지 못할
뜨거운 목숨을 노래했느니
이 나라의 산과 물로 다시 태어나서
사랑함이다.

휴정 休靜
표충사

1

산에서 보면
바다가 심상치 않다
바다는 또 산의 혼잣소리가
자꾸 귀를 간질이는 것이겠지
기왕 산이 내려와 앉을 것이면
저 남지나해 한복판쯤
나가 있어도 좋지 않은가
산은 바다가 보채는 것이라 하고
바다는 바다대로
산이 부스럼 같은 꽃가지를 흔든다고
투덜대는 이 봄날에.

2

까닭을 알겠습니다
법을 듣던 지리산

법을 캐던 금강산

법을 심던 묘향산 다 놔두고

이 두륜산 기슭에다

다 떨어진 신발이며 옷가지들

풀잎처럼 휘어진 유묵遺墨들을

왜 끼치셨는가를

이제 길을 떠나시지요,

산은 여기 이대로 두시고

내가 너였던 처영, 유정

만나실 때도 되었고요.

회진

임제 林悌

1

바다는 이제 오지 않는다
뒤숭숭한 소문들도 끊긴지 오래다
흰 억새꽃이 강바람을 흔들어도
영산榮山은 제 얼굴을 묻은 채
쓰러져 잠들어 있다
일어나라 일어나라
구진포의 산허리를 빠져나온
남행열차가 빈들을 가로지르고
모래를 나르는 트럭들이
들풀의 여린 꿈을 밟고 달린다.

2

범람하라
푸른 돛폭을 올리지 못하는
산 같은 설움을 비로 쏟아라

붓이 칼이라 한들
이 나라의 방방곡곡을
무슨 먹물로 갈아붙이겠느냐
구성진 가락을 바다에 못다 흘리고
안으로 썩는 물은 물이 아니다
범람하라
마침내 산도 들도 하나가 되는
해일 같은 웃음을 울어라.

송순 宋純

면앙정

1

노래가 태어난다
산은 물에게 길을 묻고
물은 산에게 달을 물어
잔칫날같이 여기 모인다
두둥 둥둥 둥둥
무등이 몸을 풀어
한 자락 신명을 깔아놓고
잠든 땅을 깨우는 목청으로
노래의 탯줄을 끊는다.
소리가락이 터져 흐른다.

2

땅을 굽어본다
살아온 날들이 발끝에 차인다
하늘을 우러러본다

밝은 빛이 눈에 시리다
내 어찌 빈 다락일망정
면앙의 뜻을 모르고
헛되이 오를 수 있으랴
대나무는 겨울에도 푸르러
내 헐벗음을 꾸짖고
알몸의 상수리나무는
비어 있음으로 오히려 떳떳하구나
나도
노래의 남여 메고 싶다만
반기는 이 아무도 없구나.

4

정철 鄭澈

송강정

1

나라가 들끓는다
봄은 어김없이 와서
자목련의 입덧을 받아주고
대숲의 바람은
술항아리를 비우고 나와
산 벚꽃의 볼을 붉힌다
무슨 일을 내려는가
산천이 저렇듯 자지러지는데
이 심상찮은 봄을 두고
학처럼 훠이 훠이
한 가락 들고 놓고 하던 이
훌쩍 떠나고
빈 둥지만 덩그렇구나.

2

무등無等이야 가슴을 죄다
저 물소리에 맡겼을 테지
그래 송강은 오늘토록
마르지 않는 신명으로
혼자 흘러가는 것일 테지
피리를 들면
하늘엔 노을이 타고
거문고를 안으면
소나무에 불을 붙이던 바람
이백의 달도
이 뜰에 내려와 앉을 때는
옷깃을 여미었을 테지
동이야 서야
상투잡이를 하던 것은

163 한때의 뜬구름
이제 세사를 훌훌 벗고
그림자마저 지운 시선詩仙
잔 들고 이 봄을
다 채우고 있을 테지.

* 송강정(松江亭): 담양에 있는 송강 정철(鄭澈)이 시를 읊던 정자.

너부실

기대승 奇大升

1

돌아가리라
무등無等이 짚어주는 길을 따라
내 태어난 땅으로 가서
오는 겨울을 맞으리라
장지문 밖으로 지나가는
세상 밖의 바람소리를 들으며
들기름불 심지를 돋우고
사람의 마음이 어디서 왔으며
어디로 가는가를 찾아보리라
다시 봄이 오면
오우명吳牛鳴이 들리는 곳에 계신
한 스승을 찾아뵈오리라.

2

편지를 쓴다

벌써 여러 날째 붓을 드는 것이나
퇴계선생의 가르침을 받는
내 글이 나오지를 않는다
저 드높은 출처出處며
백성을 다스리는 마음가짐을
무슨 수로 따를 수 있겠으며
이 비좁은 낙암樂庵의 뜰에
저 넓은 도산서원의 하늘을
어찌 담을 수 있으랴
엎드려 선생의 글월을 읽고
또 읽을 뿐이다.

필암서원

김인후 金麟厚

1

이 빠진 바람이
확연루의 다락에 올라
허리 굽은 홍살문을 내다보고 있다
똑바로 서서 오는 이를 맞아야겠는데
나이가 드니 몸이 말을 듣지 않는다
눈도 귀도 침침하다
몸이 마음 같지 않으니
상감의 부름을 어찌 받으랴
세상일 산으로 닫고 앉아
머릿속의 어둠이나 씻어야겠다.

2

오늘은 시가 풀리지 않는다
소쇄원의 앞뜰에 흐르는
물소리라도 떠와야겠다

내 온 길을 모르니
돌아갈 길을 어찌 알까 보냐
산 속 깊이 내 울음을 묻어도
저 황룡천은 듣지를 못하는구나
하늘이 있어 땅도 있는 것
묵죽에 밴 슬픔이
한 줄 시를 가리는구나

무성서원

정극인 丁克仁

1

어느새 여름도 한철인데
부질없이 봄을 찾으러 왔다
허긴 꽃 속에서 꽃 보는 일이
봄은 아닌 것
검은 돌비에 새겨진
상춘곡 구성진 가락이
필수에 실려 흐르고 있음에야
봄은 길 떠나도 다시 돌아와
저 나무들의 젖은 잎들 속에서
숨어살고 있느니
봄은 숨어서 나를 보고 있느니.

2

모두들 세상 밖으로 나가는데
그대는 돌아와 노래를 짓고

부동산값 하늘 높은 줄 모르는데
잡을 길 없는 풍월주인?
바람과 달을 가지면
세상을 다 가지는 것
그대 앞에 와서야
꽃들이 비로소 빛을 얻고
소나무 대나무도 절개를 내뿜었거니
노래는 사시장철 봄이 되고
그대 가지지 않는 근심
지금 세상 밖에 비를 내리고.

영모리

이색 李穡

1

꽃이 진다
속마음꺼정 붉디붉은
시편들이 흩날린다
북천으로 몰려가던
검은 구름이 걸음을 멈추고
기린의 산자락에 내려앉는다
반겨주는 이를 기다려
자목련은 더디게 시드는데
빗장 걸린 경현문*은
봄이 다 가도록 열리지 않고 있다.

2

해가 지는구나
구름에 갇혀 보이지 않으나
빗발 사이로 어둠이 끼어든다

171

이 저무는 한 시대를
거친 바람에 휩쓸리다가
끝내 비로 뿌려지는
모반의 어두운 그림자를
어찌 한 줄 시로 맞서겠느냐
눈을 부릅떠도
가는 길은 보이지 않느니
늙고 뼈만 남은 백일홍 둥치처럼
비에 젖고 또 젖을 뿐이다.

* 경현문: 문헌서원의 대문.

최익현 崔益鉉

모덕사

1

어디서 몰려드는 태풍들이냐

바다 밖의 섬들이 또 비에 젖었구나

현해탄의 물소리가 높으니

오늘밤도 잠들기는 어렵겠다

한라의 하늘을 다시 보고 싶다

비로봉에 높이 솟아올라

다시 보고 싶다. 내 나라의 산과 물을

하늘의 해는 있어도 구름이 가리고

눈을 뜨고 있어도 날이 어둡구나

마지막 소를 받아쓰거라

저 바람들을 내 찾아야겠다.

2

목이 마르다

죽음이 오기를 기다리나

나랏일 걱정이 나를 놓아주지 않는구나
내 목숨을 버리지 못하고
적에게 잡히는 바 되었으니
조상을 어찌 바로 뵈올 것이며
따르는 이들에게 이를 말이 있겠느냐
부끄럽고 부끄럽다
다만 내 여윈 뼈를 바쳐
한 자루 척화의 도끼가 되리라.

김시습 金時習

무량사

1

무슨 햇빛이 이리도 밝은가
긴 장마구름 모두 내쫓고
만수산이 소맷자락으로
망초꽃 무더기에 흰 물감을 뿌린다
풀들도 제철이면 돌아와
저마다 목청을 가다듬는데
펄펄 바람에 흩날리던
매월당시첩梅月堂詩帖은 뚜껑을 덮은 채
코골기가 한창이다
저 자지러지는 매미소리와
합창이라도 하고 있는 건지.
'한 수 가르쳐주십시오'
넙죽 큰절을 한다
화점花點마다 먼저 돌을 깐다
"아홉 점이면 신도 이길 텐데"

도무지 바둑이 씨가 안 먹힌다
정석도 없고 포석도 없고
다 잡는가 싶으면 다 잡힌다
금강산이나 지리산 꼭대기에
오세五歲의 바둑판이 있었던가
싯닢 한 푼 안 주고
깝대기를 홀딱 벗긴다
"내가 낮 꿈을 꾸었나?"

* 무량사(無量寺): 매월당 김시습(梅月堂 金時習)이 입적한 절.

김장생 金長生
둔암서원

1

하늘의 해가 둘이 아니듯
백성도 둘이 아닌 하나인데
어찌하여 이 나라 백성들은
둘도 되고 셋도 되는 것이냐
겨울이 오면 쇠기러기 날아오듯
철새 같은 사람들 목이 쉬어
저마다 백성을 위한다고 떠들지만
제 욕심에 앞을 못 보고
백성들 마음 아는 이가 없구나
그날 반정反正의 새 역사 앞에
바쳐진 만언소 한 줄
가슴에 새긴 이가 없구나.

2

열일곱 살에 남편 잃은

풀잎같이 떨던 양천 허 씨
배 속에 감춘 아들 씨가 되어
조선조의 하늘을 덮는
높디높은 소나무 숲으로 우거졌구나
백두산에서 지리산에서 한라산에서
그 뿌리 깊이 뻗어 내려
이 나라를 온전히 지키고 있구나
소나무는 더 푸르지만
학 같은 사람들 떠났으니
이 겨울 바람소리 더 거칠게
백성들 머리맡을 울리겠구나.

가양동

박팽년 朴彭年

1

햇빛이 곱기로 이만한 데가 또 있는가
우리 별 1호까지 우주의 빛을 날라다
이 장절정壯節亭 뜨락에 퍼붓고 있다
내년에는 엑스포를 한다고
우리네 솜씨를 자랑하리라고
한밭 동네가 떠들썩하지만
일평양一平陽 박선생 유허비
흙에 묻힌 주춧돌을 찾아 세웠다는
이 헐벗은 비석 하나만큼
자랑거리가 어디 있을 수 있겠나.

2

수양이라는 사람 권력에 눈이 멀어
비록 조카에게 사약을 내리고
나라의 대들보며 기둥들을

싹둑싹둑 잘라내었지만
그래도 우리 취금헌선생만은
아깝다고 참으로 아깝다고
귓속말로 빼돌리려고 했지만
그게 어림이나 있는 일인가
여기 이렇게 가을볕이 맑은 것도
저 사육신의 혼들이 나들이 온 때문이 아니겠나
우리네 귀로는 못 듣지만
자규사子規詞 노랫소리도 한창이 아니겠나.

성삼문 成三問

노은리

1

능소화가 진다.
낳았느냐 낳았느냐 낳았느냐
수리봉의 물음에 대꾸를 하듯
툭툭 능소화가 송이째로 지고 있다
ㄱㄴㄷㄹㅁㅂㅅ……,
나랏말씀이 울려 퍼지던
그 하늘을 감고 오르다가
끝내는 다 오르지 못하고
노을빛 울음을 터뜨리고 있다.

2

쇠를 더 뜨겁게 달구어라
내 몸은 아직 차고 차다
수양산 고사리를 캐 먹던
백이숙제를 비웃었더니

어찌 하잘 것 없는 비단옷과
몇 톨의 녹에 나를 팔겠느냐
내 살아서 임금을 못 섬겼으니
죽어서 허리 굽은 소나무가 되어
장릉莊陵의 비바람을 막으리라
청령포의 맑은 물에 혼을 씻고
자규사子規詞를 부르며 떠돌리라.

* 장릉 · 청령포 · 자규사는 각각 단종의 무덤 · 유배지 · 시다.

권근 權近

추원재

1

산들이 낮게 엎드려
잘못 태어난 시대를 울고 있다
어린 소나무들도
시름시름 잎이 말라가고
수리산을 넘어온 한 떼의 바람이
구름을 몰고 간다
하늘의 별자리를 보고
땅의 물길을 알지라도
내 한 몸 뜬세상에서
가누지 못하는구나
눈을 부릅떠도
가는 길이 보이지 않는구나.

2

나는 캄캄하고 캄캄하다

저 왕조가 내게 물려준
천 길 어둠에 갇혀
나는 검은 먹물을 쏟고 있다
깨워다오
백자연적이 아닌 물로
상감 물린 청자연적으로
다시 소를 쓰고 싶다
한 만 년쯤 뒤에라도 깨어나서
밝은 햇빛 아래 나를 세우고 싶다.

구룡마을 송시열 宋時烈

1

귀가 얼마나 밝아야
강물의 울음을 다 들을 수 있으며
눈이 얼마나 깊어야
산의 속마음을 볼 수 있는가
월이산이 푸른 비단으로
아랫배의 달을 감추고
금강이 몸을 비틀며
하늘로 오르려고 한다
아무래도 심상찮은 나랏일이
경현당 주인을 또 부르는가 보다.

2

옥천읍내에서는
지용제芝容祭가 한창이다
산꿩이 알을 품고

뻐꾸기 제철에 울건만
그리던 고향이 아니라고
정지용은 아직도 소식을 끊고 있다
삼백 년 세월을 건너서
지금 우암과 지용은
술자리를 벌이고 있는 것인지
시 짓는 내기를 하고 있는 것인지
늙은 느티나무만이 기다리다
동구 밖에서 졸고 있다

세종 世宗
영릉

1

해도 밝아라
하늘이 고르고 골라서
빛을 쏟아 부은 땅이니
구름인들 어찌 함부로 여기 와서
그늘을 짓겠느냐
나랏말씀이 있는 위에
내 나랏글자를 얹었으니
잠자던 산도 일어나 말을 하고
나는 새들도 우리글을 익히겠구나
내 뿌리 깊은 나무가 되리니
백성들은 바람에 흔들리지 말지며
내 샘이 깊은 물이 되리니
나라는 더 큰 바다로 나가거라.

2

오는구나
내 임금이 되기를 마다하던
황희가 흰 수염을 날리며 오고
훈민정음 스물여덟 자를 만드는 데
손과 머리를 빌려주던
집현전의 큰선비들
그러나 내 술을 따르고 싶은 것은
내 당부를 잊지 않고
목숨과 바꾼 저 사육신들이니
봄이 오거든 푸른 잔디 위에
우리 용비어천가를 부르자꾸나.

정몽주 鄭夢周

능원리*

1

산불이 인다
왕조를 쓰러뜨린 사내들이
봄볕에 숯처럼 그을고
흰옷 입은 충절이 홀로
긴 강물을 퍼 올리고 있다
풀은 자라서 노래가 되고
노래는 산처럼 깊어진다
아직 북천은 먹구름이다
살아서 죽고 죽어서 사는
무덤 하나가 일어서서
비구름을 쫓고 있다.

2

대나무가 솟아났지요
산이라 한들 남음이 있겠습니까

고려가 보입니다
하늘을 떠받치는 기둥이듯
펄펄 끓는 넋이 보입니다
단심가에 모두 담으셨지요
역사의 거울도 닦아 놓았구요
거기 착한 백성들의 얼굴
그렇지요, 뼈도 살도 모두 바쳐진
무너지지 않는 마음
그 환한 불빛을 보았지요.

* 능원리: 정몽주의 무덤이 있음.

조광조 趙光祖

상현리

1

아직도 어리디어리구나
오백 살 나이 먹은 느티나무
이 봄에도 어김없이
잎을 피우고 있구나
저 길고 긴 눈바람의 겨울
어디 깊이 감춰두고
푸른 잎으로 살아 나와서
새 하늘을 흔들고 있느냐
밝은 햇살만 골라내어
일소당日昭堂 뒤뜰에 보내고 있느냐
뿌리박힌 왕도의 어둠
훠이 훠이 쫓고 있느냐.

2

지금 나라가 어지럽습니다

사사로이 이익을 쫓는 자는 있으나
법통을 바로 세우는 자는 없습니다
소를 쓰십시오
하늘과 사람이 하나이고
임금과 백성이 다르지 않음을
큰 소리로 깨우쳐주십시오
썩은 무리를 도려내는
혁명의 칼을 주십시오
해같이 밝은 마음 꺼내어
이 하늘에 걸어주십시오.

남한산 삼학사 三學士

1

내가 어렸을 때 읽은
소설 『대춘부待春賦』 하권을
며칠 전 고서점에서 사왔다
「봄을 기다리는 노래」라고?
지금도 그때 병자년 겨울의
남한산성이 머릿속에 생생하다
나라는 오랑캐들의 사냥터가 되고 있는데
주화파가 옳으냐
척화파가 옳으냐
임금은 하늘을 쳐다보지만
하늘도 그 대답은 하지 못한다.

2

다시 겨울이 온다
낮이 길던 일장산日長山은 가고

밤이 긴 야장산夜長山*이 오는 것이냐
겨울이 가고 다시 봄이 온다 한들
저 오랑캐 땅에 풀씨로 떨어진
삼학사의 원통한 눈물이
꽃으로 필 날이야 있겠느냐
천 번 만 번 무릎 꿇고 사는 내가 부끄럽구나
허리 굽히는 환관들뿐이구나
주화파도 척화파도 옳다는 건 헛말
아무래도 남한산의 솔빛은
현절사**가 있어 더 푸른 것이거니.

* 일장산 · 야장산은 남한산의 옛 이름.

** 현절사(顯節祠): 윤집(尹集) 홍익한(洪翼漢) 오달제(吳達濟) 삼학사를 모신 사당.

서거정 徐居正

염수재

1

고향으로 질러가는 길이 생기기는
삽교천 방조제가 들어선 뒤이다
한 해 두어 번씩은 오가면서도
삼천병마 고개는 이름도 듣지 못했고
길옆에 사가정 선생의 묘가 있는 줄은
더더욱 모르고 지나쳤다
올림픽대로가 놓인 소파리 어디
오백 년 유택마저 뜯어 옮겨졌다니
오늘따라 개망초꽃 철철 비 맞으며
울고 있는 속마음을 알겠구나.

2

새벽꿈에나 가던 고향에 가서
술항아리 끌어안고
뜨는 달을 읊고 있는지

저승에 가서도 친구가 되자던
매월당과 시 내기를 하고 있는지
고래 타고 신선이 되어 하늘로 갔다고
부러워하던 고운을 찾으러
가야산 물소리를 따라갔는지
일찍 여윈 집현전 친구들
맺힌 슬픔을 시로 씻어주고 있는지
산과 물 모두 가져다
사시절 아름다움 그려주고 있는지.

충렬사

김상용 金尚容

1

마리산이 흰 눈을 이고
북녘 하늘을 바라보고 있다
병자년 섣달 바람이
바다 밖에서 서성이고
한강과 임진이 섞인 물이
갑곶이에서 소리를 내고 있다
선원골을 비우고 떠난 학은
이 겨울에도 돌아오지 않는다.

2

봄이 오거들랑
나루터에 좀 나가봐야겠다
겡징이풀이 또 얼마나 돋아났는지
여지껏 핏빛 꽃을 피워
바다를 물들이고 있는지

시방도 저 뭍에서는
겡징이 같은 목숨들
서슬 퍼렇게 살고 있는지
겡징이풀이 지르는 소리를
더러는 듣는 사람이 있는지
이제는 뭍으로 좀 나가봐야겠다
봄이 오거들랑.

이규보 李奎報

사가재

산다는 것은
겨울이 가고 봄이 오는 일이다
밭고랑에 눈이 녹으면
씨를 뿌리고 싹을 틔우는 일이다
먹을 것이 있고
마실 것이 있고
땔 것이 있으면
세상은 모두 잘 되는 것이다
왕도가 쫓겨 와 숨어들고
한 떼의 병마가 지나가도
하늘과 땅이 주는
넉넉함은 빼앗지 못하고
여기 이대로 산과 들은
또 한 아침을 맞는 일이다
새들에게는 하늘을 주고
물고기에게는 강물을 주어

저희들끼리 살게 하는 일이다
어제는 시를 짓고
오늘은 비가 내리는 일이다
산다는 것은
흰 구름의 뜻을 아는 일이다
흰 구름처럼 나를 비우는 일이다.

반구정

황희 黃喜

1

그래 흐르고 있느냐
임진은 오늘토록 마르지 않고
도도히 물살을 일으키고 있느냐
기다리는 갈매기는 오지 않는다
철조망 너머 간힌 하늘에도
새들의 길은 트여 있으나
홍안백발과 더불어 짝할
그렇지 한쪽은 읊조리고
다른 한쪽은 받아서 적는
갈매기는 오늘 보이지 않는다.

2

송도로 가는 뱃길을 꿈꾸며
거룻배 서넛 강기슭에 누워 있다
반구정에 오르면

강 건너 민통선 마을이
눈에 시리게 들어오고
멀리 송악산 머리 위에서
피어난 구름의 떼가
바람에 찢겨 떠다니고 있다
동상으로 서 있는 방촌할아버지
눈 부릅뜬 얼굴에
후두둑 가을비가 듣고 있다.

이항복 李恒福

화산서원

1

가을이 깊어지면
잎은 한 번 꽃이 되어보는가
잎으로는 지기 싫어서
우수수 꽃으로 떨어져도 보는가
내 할머니 상여 타고 오르던
그 꽃산은 충청도 땅인데
윗대 백사할아버지 산소도
여기 꽃산에 있었구나
그러고 보면 꽃산은
경주 이씨 세장산世葬山의 이름
나도 거기 묻히겠구나.

2

상투바람의 가을이
북청 가는 길을 묻고 있다

산은 몇이나 넘어야 하는지
물은 또 얼마를 건너야 하는지
화산서원 앞뜰의
은행나무 잎을 떨구며
적소로 가는 길을 재촉한다
임진년에는 어가를 따라가더니
지금은 늙고 병든 몸을 이끌고
불귀의 땅으로 가는구나
천 년 뒤에도 잎이 지지 않는
푸른 사림士林을 심어
사시장철 꽃을 피우는
산 하나를 여기에 두고

회암사지
나옹 懶翁

1

돌은 죽어서도
그대로 돌이 되는가
죽어도 죽지 않고 살아서
몸을 누이고 또 누이는가
흙에 덮여 있어도 눈을 뜨고
가고 오는 해를 지켜보는가
정을 맞아서 살은 돋아나고
불을 먹어도 뼈는
사리로 빛을 얻는가
돌은 살아서도
죽음 한 자락을 덮고 있는가.

2

여기서는 절이 보이지 않는다
나옹화상 깁고 기운

누더기 옷도 보이지 않는다
들찔레 한 무더기
선시인 듯 흰 이빨로 웃고 있는데
지공이 간다 꾀꼴
나옹이 간다 꾀꼴
푸드득 푸드득 돌들이 잠을 깨고
산문 밖에서는
빈 맷돌이 한낮을 갈고 있다.

보우普愚
북한산

1

내가 오르는 것은 산이 아니라
한 덩어리의 큰 울음 속이다
울음 속이 아니라
하늘 밖에 길을 열어 오는
가을의 바람 속이다
바람 속이 아니라
보우*가 여기저기 뿌려둔
무자화두無子話頭들이다
지금 산을 오르는 것은
내가 아니라
늙은 풀꽃을 더듬고 있는
고추잠자리다
고추잠자리가 아니라
한 덩어리 큰 바위들이다.

2

서울이 보이지 않는다
하늘의 빛을 다 모아 오고
바람이란 바람을 다 불러다가
육백 살토록 젖을 물렸어도
한강은 아직 제 소리를 내지 못하고
서울은 얼굴이 없구나
백운白雲이 나서서 북을 울리고
인수仁壽가 내려와서 어둠을 쫓아라
그러면 국망國望이 또 한 번
천둥 치듯 나라를 앉혀서
더덩실 삼각산** 춤을 출 것을.

* 보우(普愚): 고려 공민왕 때의 선승.

** 북한산은 백운, 인수, 국망, 세뿔이 돋았다 하여 삼각산(三角山)이 되었다.

보우普雨

봉은사

1

수도산 봉은사奉恩寺라 했는데
산 같은 산은 보이지 않고
대웅전의 금빛 세 글자가
자꾸 눈 속으로 파고든다
저것도 추사 김정희가 죽기 사흘 전에 썼다는
그 절필의 대작 '판전板殿'과
같은 날 쓴 것인가
시인 성찬경은 '판전' 앞에 서면
벼락 맞은 것 같다고 시를 썼지만
그래서인지 청맹과니인 나도
칠십일과병중작七十一果病中作 일곱 글자가
어쩐지 마음을 쓰다듬어 주는 것 같고
못생긴 대웅전 세 글자도
우리나라의 가장 잘생긴 사내로 보인다
추사는 왜 죽음을 앞에 두고

저 글자를 써놓고 고개를 끄덕였을까?
아무래도 보우의 큰손이
그를 일으켜 붓을 쥐어준 것이 아닐까?

2
승과를 보던 넓은 마당에는
무역센터 빌딩이 목을 뽑아
봉은사에 오는 햇빛을 가리고 있다
비석거리에는 을축년 큰물 때
칠백여 명을 건져 올리고
밥을 지어줬다는 나청호羅晴湖스님의
수해공덕비가
등 너머 넘실대는 한강을 가리키고 있다
관세음보살 관세음보살
법당에서는 스님의 염불을 따라

아들딸의 입학을 기원하는
어머니들의 삼천 배가 이어지고
마당에는 촛불들이 한겨울을 녹이며
제주도에 유배간 보우 큰스님의
혼불처럼 펄럭이고.

* 보우(普雨): 조선조 명종 때의 스님.

5

적멸
寂滅

꽃 피는 일이거나
눈 내리는 일이거나

씨 뿌리는 일이거나
거두는 일이거나

제 한 몸 불사르고도
재도 티도 안 남는다.

눈멀고 귀먹은
돌이라 살자 해도

티끌 목숨 끝에
매달리는 헛된 생각

풋 열매 익히지 못하고

이슬로나 지는 것.

필경 筆耕

나는 밭이 없어
벼루를 먹고 산다*

이 무슨 허튼 소리
쌀이 나나 금이 나나

완당**은 한 뼘 돌에서
천만 석도 더했거늘.

심훈沈熏은 내 고향에 와
붓농사를 지었다

손수 필경사*** 짓고
온 땅 가득 심은 상록수

담 없는 그 작은 집이

왜 그리 높아 보이는지.

* 아생무전식파연(我生無田食破硯)의 글귀에서 따옴.

** 완당(阮堂): 김정희(金正喜)의 아호.

*** 필경사(筆耕舍): 충남 당진군 송악면 부곡리에 심훈이 지은 집.

흰옷소리

장사익

세상 밖 잠든 소리
귀 밝아 다 챙기고

멱이 찬 누에인 듯
온몸에 차고 넘쳐

뽑는다
산도 물도 깨우는
흰옷소리 짜낸다.

꽃피고 눈 내리고
바람 불고 날 저물고

살아서는 못 다 펴낼
아리수 물꼬 틀어

쏟는다
천 길 낭떠러지
설움방아 찧는다.

단종

청령포행 清泠浦行

아닐다 이 아닐다
하늘 일은 정녕 아닐다

어리다 내쳐진
이 한 몸도 원통커늘

왕조王朝를 떠받칠 큰 나무들
뿌리조차 베히는 거.

내 산일다 내 물일다
버선발로 달려 나와

가서는 못 오는 길
따르는 거 어쩔거나

귀촉도歸蜀途 쏟는 피울음 220

청령포를 다 적시고.

* 어린 단종(端宗) 수양에게 내치어 청령포에 유배를 가서 돌아오지 못했다.

단종산하도 端宗山河圖

221 궁궐을 쫓겨 나온 어린 상왕上王 귀양길에
높은 산 따라가고 깊은 강 감싸 돈다
나라님 몸 바친 충절 만세萬世에 푸르러라

해와 달 눈을 감은 왕조의 아픈 역사
단종 임금 자규子規새 되어 쏟아내던 피울음을
청룡포 늙은 관음송觀音松 귀를 열어 듣고 있다

달을 길어 오셨다
어머니、물동이에

옹달샘 새벽달을
물동이에 길어 와서

장독대 정화수 올려
띄우시던 어머니

꽃산에 오르실 때에도
달은 두고 가셨다

운학상감 청자 말고
청화모란 백자 말고

어머니 손길에 닮아
윤이 나던 질항아리

그 사랑 어루만지고 싶다
얼굴 부벼 안고 싶다

안거

세 겨울 들고 있던
화두를 깨치셨나

눈을 인 대청봉의
얼굴빛이 맑고 곱다

동해일*
찾아온 길손
노잣돈도 주시고.

오곡밥에 부럼을 깬
백담百潭이 들레인다

안거安居를 풀고 나온
수행납자衲子** 예불 맞으며

설악이

염화미소拈華微笑로

다 놓고 가라 하신다.

* 동해일(冬解日): 음력 정월 보름 동안거 해제날.

** 납자(衲子): 스님.

자매

주말 인사동엔
골동경매 장이 선다

글씨 그림 청자 백자
빛바래고 금 갔어도

세월을 먹어갈수록
몸값 되려 더 높인다.

그릇은 백년 넘어야
품목에도 오르는데

사람은 몟이 차면
재활용품도 못 되는 것

흰머리 먹칠을 해도
사랑아웃 팔리지 않는.

* 자매(自賣): 나를 종으로 파는 것.

간찰

먹 냄새 마르지 않는
간찰簡札 한 쪽 쓰고 싶다

자획字劃이 틀어지고
글귀마저 어둑해도

속뜻은 뿌리로 뻗어
물소리에 귀를 여는.

책갈피에 좀 먹히다
어느 밝은 눈에 띄어

허튼 붓장난이라
콧바람을 쐴지라도

목숨의 불티 같은 것
한 자라도 적고 싶다.

판문점에 와서

산은 저희들끼리 얼굴을 마주보고
들은 바람을 불러 무어라 속삭이고
나무 위 한 쌍 까치는 사랑짓에 바삐 날고……

저렇게 사는 것이 하늘의 일인데도
왜 나는 여기 와서 가슴 죄며 바장이나
보이는 풍경의 먼 밖을 눈 시리게 바라보나

땅금 하나 그어놓고 남과 북의 경계란다
두 발 벌려보고 이리저리 넘어보고
무언가 더운 물살이 뼛속까지 젖어든다

신오우가 新五友歌

벼루읽기

고산孤山도 해와 달 같아
오우가五友歌를 지었으리

수, 석, 송, 죽, 월水石松竹月
어우러져 서로 뽐내는

일월연日月硯 내 머리맡에서
밭을 갈고 글도 읽고.

물水

어제는 백담百潭 골짜기
물소리를 혼자 듣고

오늘은 산수山水 벼루에

그 물살을 흘려준다

해 묵은 마음의 때는
씻을 줄도 모르면서.

돌石

어느 것 신神의 손이
빚지 않은 것 있을까마는

그 위에 으뜸 명장名匠이
깎고 새긴 돌벼루가

꿈속에 들어와서는
먹을 갈라 보채이고.

233

솔松

날이 추워도 하냥 푸른
네 뜻을 높이 사서

완당阮堂은 세한도歲寒圖를 그려
우선藕船에게 주었다

사람도 잎이 지지 않고
살아갈 수는 없을까.

대竹

몇 그루 오죽烏竹을

집 안에 들여놓고

물 주고 햇볕 쬐니
새 순을 뽑아낸다

날마다 너를 보면서도
나는 허리 굽혀 살고.

달月

정조는 스스로
만천명월주인*이라고

벼루에 새겨서
스승 뇌연雷淵**에게 드렸다

235

어릴 적 앞산에 뜨던 달이
내 것인가 했더니.

* 만천명월주인(萬川明月主人): 정조(正祖)의 호.
** 뇌연(雷淵): 정조의 스승 남유용(南有容)의 호.

춘향 노래
몽룡이가 부르는

명창 안숙선이 내게 춘향가를 지으란다 236

강릉 오죽헌에 가면 신사임당 용꿈 꿔서 율곡*을 낳았다는 몽룡실이 있것다. 그 아들 장원급제 아홉 번에 해동공자로 일컬었고 오천 원권 얼굴 내더니 어미도 오만 원권에 올렸것다. 옳거니 춘향전 지은 이도 거기서 몽룡 이름 땄을지라, 그런디 어쩐다지 나도 한말 학사였던 외할아버지 용꿈 타고 태어났다는디 성씨도 이가이고 보면 나 이몽룡 아닌개벼, 과거장에도 못 나가고 어사화도 못 꽂았지만 어흠 저 건너 그네 타는 꽃 훔치는 나비 한번 되볼까나. 영랑도 미당도 박재삼도 춘향이 넋 달래는 시 굿거리를 했었겄다. 조선 사내들 다 홀리고도 무에 그리 성이 차지 않아 내 맴꺼정 뺐겠다고 소리꾼까지 꼬인당가, 물렀거라 물렀거라 내 사랑 니 알고 니 사랑 내 아느니, 이승 저승 멀다 해도 꿈에 만나 어

237 화둥둥 얼싸안고 놀자꾸나

칠석날 오작교 건너 니 만나러 내 갈 꺼니.

* 율곡(栗谷): 이이(李珥)의 호.

문학평론가

김병익

『추사를 훔치다』에 부쳐 이근배 형의 시집

어제의 묵향 속에서 오늘, 새로 스며오는

작품론

나는 사천沙泉 이근배 형에게 빚이 크고 많다. 근 40년 전, 세상이 모질고 가난할 때 그는 선뜻 내 글모음을 내주겠다고 먼저 제의해와 나는 내 이름의 첫 단독 비평집을 낼 수 있었고 이후 글빚, 책빚에 바둑빚까지 숱한 빚을 지어왔는데, 그럼에도 내 팔이 짧아 그의 청 한 가지를 들어주지 못한 것이 이자가 겹으로 붙은 빚이 되어왔다. 이번 자신의 시집을 내겠다며 그 발문을 부탁해와 그 빚의 아주 조금이나마 갚을 기회를 준 것에 감지덕지했지만 그 청탁의 글과 작품을 읽으면서 이건 빚갚이가 아니라 새로운 빚지기라고 할 수밖에 없었다. 그만큼, 70대의 중반에 이르러 그 나이에야 다다를 수 있을 품위가 내 글을 이끌어가며 고아한 전통의 새로운 훈향 속으로 나를 감싸고 있었던 것이다. 우선 그 부탁을 하는 전화 목소리는 전혀 빚쟁이 같지 않게 여전히 밝고 경쾌했는데 정작 원고와 함께 온 편지와 덤으로 보낸 책을 보면서 나는 그 정중하고 고전적인 품위에 그만 압도되고 말았다. 한지로 음전하게 만든 봉투에서부터 책에까지 그가 쓴 글자는 요즘 도통 볼 수 없는 달

필의 붓글씨들로만 되어 있어 기껏 볼펜으로만 서명해오던 나를 바짝 긴장시켰다. 우선 그가 '同封동봉' 한다며 보낸 시집 『살다가 보면』(시인생각, 2013)의 표지를 열자 훌륭한 필체로 '淸覽(청람)' 이라고 쓴 서명의 위와 옆에 낙관이 세 개나 찍혀 한문 서예전의 멋진 휘호 글씨가 풍기는 위엄에 움츠러들지 않을 수 없었다. '惠照(혜조)' 하라고 연 편지의 첫 구절에서 나는 마침내 '刪蔓' 이란 한자어를 만났다. 아아, '刪蔓' 이라니! 60년 전 중3 때 같은 학교 반우로부터 겨울 방학 때 받은 엽서의 첫머리에 쓰인 한자였다. 아마 '제번除煩' 이란 뜻으로 쓰지 않았을까 짐작하면서도 여직 뭐라고 읽는지 모를 어휘였다. 그제야 새삼 옥편을 찾아보니 '刪' 은 깎는다는 뜻의 '산' 이고 '蔓' 은 덩굴을 가리키는 '만' 이었다. 그 용법에 대한 내 짐작은 요행 맞았지만 서당은 구경도 못했고 학교에서 한문을 조금 가르치던 그 시절에 어찌 편지의 서두에 쓴 '刪蔓' 을 내가 읽어낼 수 있었을까. 그때 그 유식한 문자를 쓴 친구는 훗날 서울대 교수와 성균관장을 역임한 최창규崔昌圭 군이었는데 대마도에서 굶어 자결한 최익현 선생의 증손이었다. 이근배가 자신의 내력을 밝힌 「자화상」에서 외조부가 "스승 면암의 뒤를 이어/조선 유림을 이끌던" '장후재학사' 였음을 밝히는 데 이르러서야 '산만' 이란 이제는 구경할 수 없는 인사로 면암의 후손과 그 후학의 자손을 한꺼번에 만나는 듯한 기연에 스스로 놀라고 기꺼워했다.

그 뜻밖의 인연을 신기해하며, 다변이고 활달하며 다재한 이근배 형의 모습 속에 감춰진 그의 선비다움을 다시 떠올렸다. 나는 그가 나눠준 부채에서 그의 아름다운 글씨를 보았고 아마 경주에서 본 한 표지석에서 그의 육당 시대 문체를 회상시키는 문장을 읽었다. 그리고 스스로 재주 없다고 겸양하는 '비재'의 한자어가 '菲才'임을 그의 편지에서 배웠고 '스스로 좋으로 파는' '自賣', 벼루, 그래서 선비를 뜻하는 '硯田', 몽당붓을 가리키는 '禿筆', 말을 알아듣는 꽃 '解語花'가 곧 양귀비라는 것, 똥오줌을 가리는 '견마'란 말 등등을 이 시집에서 처음 보았으며 시행 속에 나오는 '사랑아웃(「자매」)' '아기답'(「아기답」) '싯닢'(「김시습」)이란 사전에도 나오지 않는 말들은 끝내 그 뜻을 모르는 채 슬쩍 넘겨 읽어야 했다. 그런데, 바로 그렇기에, 그러니까 옛것에 대한 내 무지함, 이제는 까맣게 사라져버린 전통의 부재와 그 아름다움에 대한 우리의 망각으로 경박해 있어왔기에, 내가 처음 보는 문자, 그 뜻을 모르는 채 눈치로 짐작하는 말, 그리고 그것들을 적은, 이제는 아무도 실용하지 않는 먹글씨, 그것들을 담은 결 좋은 한지, 그래서 거기에 담긴 그 모든 것들을 대하는 동안, 거기서 스며 나오는 전시대의 전아한 향기, 한지에 진한 먹으로 쓰이고 몇 세대를 넘겨도 여전히 오히려 더욱 은근하게 풍겨오는 선비 시절의 문향이 더욱 도탑게 살아 나왔다. 이제는 잃어버린 것들, 사라져버린 것들, 그럼에도 우리의 어딘가에 꺼지지 않는 씨앗으로 숨어 있어 문득 살만 건드리면 생생한 향기로 감싸안아 산뜻이 되살아나는 품격 높은 정서로 솟아나는 말들, 연필-만년필-볼펜 시절을 훌쩍 뛰어넘어 모니터로 읽고 타자로 글씨를 치는 오늘의 새로운 문명 속에서 그 경망스러움을 다잡듯, 오랜 세월 내공으로 다지고 묵혀 은근한 묵향墨香으로 스며드는 한지 책자의 문화에 감싸이며 새내기 같은 나의 마음을 한 세기 전의 유연한 기품 속으로 돌려 놓는 듯 속마음이 흐뭇해진다.

이렇게 나는 70대 중반에 이른 오랜 문우의, 그러나 컴퓨터의 한글로 프린트된 그의 시들을 우선 그 향훈으로 먼저 맞이하였다.

그와는 오래 사귀어왔지만 그의 활발한 어투가 자신의 속내를 내 짐작으로부터 멀찌기 떼어놓고 있었고 그의 요란하게 능통한 여러 잡기들은 그의 진짜 신원에 대한 정보들을 내게 가려두고 있었다. 그래서 가까우면서도 먼 그의 생애를 멀리 두고 바라만 보아왔는데 이번의 시집 한 구석에 자리한 시 「자화상」에 이르러서야 비로소 그의 영예로운 가문과 그 때문에 고통스러워야 했던 생애를 짐작할 수 있었다. "장학사張學士의 외손자요/이학자李學者의 손자"로 태어난 그는 아버지는 "나라 찾는 일 하겠다고/감옥을 드나들더니 광복이 되어서도 집에는 못 들어오"다가 그의 나이 열 살 때 비로소 첫 얼굴을 뵌 후 "한 해 남짓 뒤에 삼팔선이 터져/바삐 떠난 후 오늘토록 소식이 끊겨" 시대의 불귀의 객이 되었고 어머니는 "지아비 옥바라지에 한숨 마를 날 없는" 생애를 치러야 했다. 그는 같은 충청도에서 비슷한 운명을 당해야 했던 이문구나 김성동처럼 사상가를 아버지로 두어 겪어야 했을, "어머니와 남겨진 삼남매를/모진 비바람의 거친 들판으로 내몰게 할 줄을/어림짐작"(「그해 그날」)도 못 하고 갖가지 신산을 겪어야 했기에 그는 아마도 그 아픔을 뒤로 감추고 오히려 그런 아버지를 "돌팔매와 가난의 족쇄를 물려받아야 했었다/그렇지만 아니지,/어느 권력 어느 재산과도 바꾸지 않을/내게는 값진 유산"(「폐족」)으로 떠받든다. 조부의 환갑날 할아버지의 소실댁에서 "황룡이 달려드는 태몽을 꾸시고" 태어난 그는 가족들로부터 당연히 큰 기대를 받으며 할아버지로부터 율곡의 「격몽요결」의 훈육 속에서 자랐다. 이근배 자신은 "춘향전의 주인공도 이몽룡이고/사임당이 율곡을 낳은 오죽헌에도 몽룡실이 있는데/이몽룡인 나는 암행어사도 못 되고/율곡처럼 아홉 번 장원급제도 못 하고/글은커녕 붓도 잡을 줄 모르니/외할아버지의 용꿈 값을 어떻게 갚는다?"(「태몽」)라고 자괴하고 있지만 '한국대표 명시선 100'의 『살다가 보면』에 게재된 연보에 의하면 1961년 경향, 서울, 조선의 세 신문 신춘문예에 시조가 당선되는 등 3년 동안 시조, 시, 동시로 신춘문예, 문공부 신인예술상 등 그가 부러워하는 율곡처럼 모두 9차례 당선함으로써 60년대 한국 시단의 기린아가 된다.

"저놈은 즈이 애비를 꼭 닮았어!"라고 할아버지의 '고마운 꾸지람'을 듣지만, 시인은 "아니지요 저는 애비가 까마득히 올려다보이거든요"(「자화상」)라고 아버지를 높이 우러러보고, 또 그처럼 그의 시들은 우리의 숱한 선비들을 다시 올려다보고 경의를 드린다. 그가 시 속으로 불러들이는 옛 인물들은 "크지도 않고 작지도 않으며/있지도 않고 없지도 않은/대승의 길을 열어/비로소 무명을 깨우쳤거니/마음이 곧 우주"(「원효」)를 터득한 원효와 "고운이 비워둔 자리/새겨둘 대구가 아직은 없"는 대문장가 최치원으로부터 우리 정신사를 꿰뚫는 거승과 대유로 즐비하다. 그 반열에는 "마르지 않는 신명으로/(……)/피리를 들면/하늘엔 노을이 타고/거문고를 안으면/

소나무에 불을 붙이던 바람/이백의 달도 이 뜰에 내려와 앉을 때는/옷깃을 여미었을"(「정철」) 송강, "살아서 못 이룬 꿈/죽어서 묻힐 땅에 심었느니/그 누구도 가져가지 못할/뜨거운 목숨을 노래"(「윤선도」)한 윤선도, "산 같은 설음을 비로 쏟아라/(……)/범람하라/마침내 산도 들도 하나가 되는/해일 같은 웃음을 웃어라"(「임제」)고 호소하는 임제 등 시인들에게 북을 치며 신명을 낸다. 그러나 유학자의 후손인 시인은 민족사의 지사들에게 가장 뜨거운 헌사를 바친다. 『일연』의 일연에게서는 "날 선 유사遺事의 빗돌/세월에도 씻기지 않는/사시史詩의 먹물이 배어 나와/시퍼렇게 혼을 갈고 있다"고 외치고 정몽주에게서는 "하늘을 떠받치는 기둥이듯/펄펄 끓는 넋이 보입니다/단심가에 모두 담으셨지요"(「정몽주」)라며 그 뜨거운 뜻을 기리고 사육신의 성삼문에게서는 "내 살아서 임금을 못 섬겼으니/죽어서 허리 굽은 소나무가 되어/장릉莊陵의 비바람을 막으리라"(「성삼문」)며 그의 충절을 높이고 마침내 일본군의 포로가 되어 유수에 잡힌 면암에게서 "부끄럽고 부끄럽다/다만 내 여윈 뼈를 바쳐/한 자루 척화의 도끼가 되리라"(「최익현」)는 비장한 결의를 토로한다. 우리의 역사는 이렇게, 선인들의 당찬 기개 속에서 "아버지의 아버지의 아버지의/어머니의 어머니의 어머니의 어머니의"(「전설」) 대를 잇는 민족적 '탯줄'의 전설로 일구어지는 것이 아닐까, 그리고 그 강토는 "한 뼘 남짓 돌들이 무등을 타고 있는 위에/돌 하나가 얹어"져 "무럭무럭 키가 자라고 있"을(「돌 위에 돌을 얹다」) 금강산 돌탑처럼 세워지는 것이 아닐까.

그 선비들의 정신이 구체적인 사물로 손길에 잡혀 쓰다듬도록 하는 것, 그 물화物化된 문화 전승의 유산이 이 시인에게는 벼루이다. 그는 귀하고 중한 벼루의 대단한 수집가로 알려져 있거니와 그의 여러 편의 '벼루 읽기' 연작시는 그가 이 문방文房을 얼마나 사랑하고 아끼는지를 실감시켜준다. 그는 "밭이 없어/벼루를 먹고 산다"며 연전硯田 갈이[耕]꾼임을 오히려 자랑스레 여겨 자신처럼 "한 뼘 돌에서/천만 석도 더"한 완당과 "손수 필경사 짓고/온 땅 가득" "상록수"를 심은 심훈의 "담 없는 그 작은 집이/왜 그리 높아 보이는지"(「필경」) 부러워하는데 그것은 "아흐, 차오르는 초아흐레 상현달/내 평생 머슴살이로는 못 지을 높디높은 다락의 한 채,/사랑이로라"(「조선 백자 반월형연적」)고 연적을 보며 탄성을 부르짖을 정도였다. 그것이 어느 만큼인가 하면, "옛 벼루를 들고 와서는/얼굴이며 몸뚱이를 씻기는 일에는/시간을 물쓰듯" 하며 자신의 몸과 마음을 이처럼 부지런히 씻겼으면 "사람값도 하고 글도 잘 풀릴 것"(「세연」)이라고 탄식하고, 국립박물관에 갔다가 추사가 쓰던 벼루를 보고 "그 돌덩이가 내 눈을 얼리고/내 숨을 멎게"(「추사를 훔치다」) 하는 전율을 느끼며 "유리 장을 부수고 벼루를 슬쩍?"하고 싶은 욕망에 젖기도 했다고 고백한다. 그럴 때의 그에게 벼루는 "백두대간의 힘줄이 내 몸속에서 솟아 둥둥 북소리를 내며 고려, 조선 쪽으로 데리고 가는"(「신연」) "세상살이들이 살아 움직이는 조각"에 이름하는 것들이며 신라토기 벼루를 선물받고 "웬 UFO?"라고 놀라며 "돌처럼 구워진 흙에 아직도 숨 쉬는 먹내음/코로 벌름거리며 뺨도 대보고/손으로 문질러보는 느낌이 알싸"(「신라 토기 벼루에 대한 생각」) 한, 마치 애인을 애무하는 듯한 모습을 짓는다. 그러나 이근배가 벼루를 사랑하는 것은 물화된 필구여서만이 아니었다. 그는 여기서 "선경에서 노닐던 꿈 얘기를 듣고/제 것인 양 신들린 듯 붓과 놀아"난 꿈과 같은 세계와의 조우를 이루는 예술이기 때문이었다. 그것은 일본에 가 있는 안견의 〈몽유도원도〉가 잠시 국립박물관에 전시된다는 소식을 듣고 새벽같이 달려왔다가 두 차례 만에 "겨우 꿈결같이 그림을 만"난 후 "피를 기름으로 촛불을 피우고 있음이여/문득 내가 자주 들여다보는/신의 솜씨로 깎은 조선 초기 벼루들이/저 그림과 글씨를 거둔 논밭?"(「남의 꿈속에 들어가 붓과 놀다」)의 가장 뜨겁고 높고 아스라한 예술세계가 이루어지는 터전인 것이다. 이 현저한 벼루 연작시 앞에

옹달샘 새벽달을
물동이에 길어 와서

장독대 정화수 올려
띄우시던 어머니

꽃산에 오르실 때에도
달은 두고 가셨다

—「어머니, 물동이에 달을 길어 오셨다」 부분

며 달항아리를 보고 그 달항아리처럼 환한 모습의 어머니를 회상하며, 그리고 세상 잘못 만난 평생을 고생하신 어머니가 이제 별이 되어 좋은 세상에 사시기를 비는 바람이 내게 못지

않게 따뜻이 다가오는 것은 가신 지 오래되신 어머니의 나이로 나도 다가가는 때문일까?

텃밭에 목화를 심어
그 솜으로 실을 뽑고 배틀에 짜고
바래고 물들이고 다듬고 마르고
제 몸에 꼭 맞게 손바느질로
저고리, 바지, 조끼까지
밤새워 지어 입히셨지요.

밭고랑 흙에 파이고
눈바람 청솔가지에 꺾이던
어머니의 마디 굵은 손이 만들어낸
잡히지도 만져지지도 않는
크고 큰 것 제가 어찌 어림하겠어요

—「핸드메이드」 부분

에서 우리 모두의 어머니가 힘들게 살며 자식들에게 들이는 그 큰 사랑을 돌이켜보고 그 어머니들이 자식들인 우리 모두들에게 남긴 사랑을 그리워하며 그 '달항아리' 에서 어머니를 그리워하여

세월 잘못 만나서
아흔 해 있는 속 다 태우시고
삽다리 꽃산으로 가신 어머니

여기 오셔서
외씨버선 흰 고무신 신으신
깨금발로 사방치기 하듯
일곱 별 밟아보세요.

혹시 아세요.
일곱 별 두둥실 어머니 태우고
칠성님 나라에 가서
좋은 세상 구경시켜 드릴는지요.
어머니, 별이 되시어
사람들 소원 다 들어주실는지요.

—「별」 부분

라고 간곡하게 기원하는 시인의 마음을 통해 우리의 고난스러운 전래의 삶에 대한 아픈 승화를 바라본다. 선비스러움에도, 그 인식의 틀을 뛰어넘어 승화의 경지로 보여주면서, 이즈음의 이근배는 장석남에게 선승의 주련을 읽어준다. "눈으로 듣고 코로 보고 귀로 말한다"(「눈으로 듣는다?」). 후배 시인은 이 설명을 듣고 "시론 백 권 읽어 뭐합니까?/여기 다 들어 있는걸요"라고 대답하는데, 정말 침묵으로 이 세계를 듣고 눈을 감고 보며 말 없음으로 들려주는 선승의 경지를 우리는 새삼 느껴야 하지 않을까. 그것이 이근배 시인 세대가 선시禪詩로 혹은 공초나 미당의 풍風으로 이 세계의 본모습을, 그리하여 결국엔 소멸할 수밖에 없는 세상의 운명을 시로 드러내려는 것이 아닐까.

눈멀고 귀먹은
돌이라 살자 해도

티끌 목숨 끝에
매달리는 헛된 생각

풋 열매 익히지 못하고
이슬로나 지는 것.

—「적멸寂滅」 부분

에서 들이닥치는 소멸에의 의지, 그리고

내가 오르는 것은 산이 아니라
한 덩어리의 큰 울음 속이다
울음 속이 아니라
하늘 밖에 길을 열어 오는
가을의 바람 속이다
보우가 여기저기 뿌려둔
무자화두無子話頭들이다

—「보우普愚 – 북한산」 부분

에서 젖어드는 세상과 사물과 풍경과 말이 하나의 공허로

화化하는 그 크낙한 존재의 설움. 참으로 잘 '익은 배'의 향기는 세계와 인간의 텅빔으로 사라짐을 채워주는 것인가. 이렇게, 시인 이근배는 지난 날의 선비다운 묵향으로 오늘 이 마음 바쁜 시대를, 새삼스레 감싸오는가.

추사를 훔치다

이근배 시집

초판 1쇄 발행 2013년 12월 30일

초판 2쇄 발행 2014년 7월 16일

지은이 이근배

디자인 정병규

발행인 강봉자 · 김은경

펴낸곳 (주)문학수첩

주소 경기도 파주시 회동길 192

(문발동 513-10) 출판문화단지

전화 031) 955 - 4447(마케팅부)

031) 955 - 4449(편집부)

팩스 031) 955 - 4455

등록 1991년 11월 27일 제16 - 482호

http://www.moonhak.co.kr

e-mail:moonhak@moonhak.co.kr

ISBN 978 - 89 - 8392 - 503 - 9 03810

이 책은 대한민국예술원 창작지원금을 받음